Oscar Gama Filho
e
Alexandre Herkenhoff Gama

OVO ALQUÍMICO

romance em cacos

Prefácio
Carlos Nejar

São Paulo, 2016

Copyright do texto ©2016 Oscar Gama Filho e Alexandre Herkenhoff Gama
Copyright de escultura, pintura e obras de arte plástica ©2016 Oscar Gama Filho
Copyright da edição ©2016 Escrituras Editora

Todos os direitos desta edição cedidos à
Escrituras Editora e Distribuidora de Livros Ltda.
Rua Maestro Callia, 123 – Vila Mariana – São Paulo – SP – 04012-100
Tel.: (11) 5904-4499 / Fax: (11) 5904-4495
escrituras@escrituras.com.br
www.escrituras.com.br

Diretor editorial: **Raimundo Gadelha**
Coordenação editorial: **Mariana Cardoso**
Assistente editorial: **Karen Mitie Suguira**
Capa, projeto gráfico e diagramação: **Guilherme V. S. Ribeiro**
Fotos das ilustrações: **Cypriano (Studio Cypriano)**
Impressão: **Mundial Gráfica**

Dados Internacionais de Catalogação na Publicação (CIP)
(Câmara Brasileira do Livro, SP, Brasil)

Gama Filho, Oscar
    Ovo alquímico / Oscar Gama Filho,
Alexandre Herkenhoff Gama; prefácio
Carlos Nejar. – São Paulo: Escrituras
Editora, 2016.

    ISBN 978-85-7531-684-9

    1. Ficção brasileira I. Gama Filho, Oscar.
II. Gama, Alexandre Herkenhoff. III. Título.

16-02478   CDD-869.3

Índices para catálogo sistemático:
1. Ficção: Literatura brasileira   869.3

Impresso no Brasil
Printed in Brazil

Sumário

Prefácio
Carlos Nejar 9
Palavras de pórtico 13

PRIMEIRA CASCA
CACO I
O ovo alquímico
Oscar Gama Filho e Alexandre Herkenhoff Gama 17
Primeiro 19
O pós-ovo se pôs entre nós 26
Segundo 28

CACO II
O naufrágio
Oscar Gama Filho e Alexandre Herkenhoff Gama 31

CACO III
Oito acalantos para a Família 43
Amigos inseparáveis 45
O lobo da estepe e a orquídea invisível 47
Família Bunda 50
Cuidados 51
Elefante galante é elegante 53
Canção para o Natal de todos os homens 55
Era uma vez um Natal! 57
Conversa entre o amor e a imaginação. 58

SEGUNDA CASCA
CACO I
Trindade
Alexandre Herkenhoff Gama 59

CACO II
Sonhos na Proa da praia 69

Sejamos felicidade! 71
Receita de bom humor 73
Último leve poema de amor de Sísifo 74
Alergria de ler.. 75
A arte da guerra... 76
O lobo ressuscitado... 79
Redemption song 82
Anorexia (Poema magro) 84
Síndrome de pânico 85
Lastro do vácuo... 86
Primeiro poema da casa 87
Desejo.. 88
Preparação do arcanjo... 89
Para curar um amor doente.. 90
A vela na Proa 91
O casamento da Família Sonho 92
Reajuste celestial amoroso... 93
Mulher de esposo 94
Menos nada.. 95
A hora do amor 96
Hora redentora 97
Mantra... 98
Hino da Família Sonho 99
Força e luz... 100
Tentando ser mais felizes 101
A prisão liberta do amor 102
A sabedoria informa 103
Body and soul 105
O amor... 107
Casamento da Família Sonho..................................... 108
Cegos de amor ao amor.. 109
O diapasão dos sons.. 110
Duas mulheres 111
Entre pai e filho 112
Für Mama.. 114
Higiene nietzscheana 115
No mar em mim... 116

Für Son Tirésias 117
O gostoso sem gosto 118
Ela é o meu amor! (*Konzert für Mama*) 119
O impossível do amor 120
O monstro 121
Para sua mãe 122
O poema contínuo do amor 123
Pelicanos perigosos 124
Perigeu lunar 125
Rainha das flores 126
Verdadeira amizade 129
Revisitação 130
Saudades de Mama 131
Selo 132
Venci meu destino 134
Visão operada 135
Filosofia Mama 137
Amor vivo 138
Conselhos para filhote Sonho 139
Meio-calendário para o amor que há no meio 140
Amantes marinados pelo mar 142
Água mole em pedra dura 143
Viagem turística 144
A memória do ar 145
Buenos blues (Bluenos aires blues) 146
Coração roxo 147
Gatos tardos 148
Relações líquidas 149
Vendo livre no Caribe 150
Vida é o momento presente 152
Único senhor 153
Trindade 154
Poema da volta 155
Lei nº 1 da Teoria da superficialidade 156
Magia do amor 157
Sereníssima 158
Dia de perfeita esperança 159

O que você imagina é o que existe................................ 160
Amor incondicional de Mama 161
O presente.. 162
Extensão de mim 163
Óculos de chuva 164
Conversa íntima 165
Mestre-sabiá 166
Máquina de músculos 167
Língua gastronomia 168
O prazer insuportável do amor................................. 169
Corno *blues*.. 170
Paraíso perdido.. 171
Descanso... 172
A função de todas as coisas 173
O samurai sem honra 175
Lugar-comum (Lugar-original do descontrole-comum)........... 177
A resposta como invariante universal absoluto 178
Sou um decifrador de códigos 179
Um outro em nós 180
O outro
sobre Um outro em nós
Por Alexandre Herkenhoff Gama 181

CACO III
Um esporro 183
A malhação de Judas 185
O filho das selvas
Oscar Gama Filho e Alexandre Herkenhoff Gama.............................. 191
Catedral.. 197

ÚLTIMA CASCA
CACO FINAL
O sobressimbolismo... 199
A imagem sobressimbolista (fragmento inédito)
Carlos Nejar 201
Sobressimbolismo.. 202
Sobressimbolismo II... 204
Encontro da letra 205

O desnudar da água 206
Os argonautas 207
Deusa.. 208
A sólida passagem... 209
Ecce homo/Eis o homem 211
O homem nos ratos 212
Carta ao passado 214
O amor no futuro do presente 216
Tempo de mortos.. 217
Procura.. 219
Inguada!... 224
Num poema, curto 227
Terra fértil 229
Lar... 230
Geração acampada II 231

Sobre a Família Sonho.. 235

Prefácio

Oscar Gama Filho é, entre os escritores capixabas, o mais surpreendente. Se procuramos o poeta do notável *O Relógio Marítimo*, editado pela Imago, encontramos o teatrólogo. E, se procuramos o intérprete de *Razão do Brasil*, que a José Olympio publicou, importante visão da nacionalidade, achamos um dos psicólogos mais inventivos, generosos e competentes.

Com todas essas percepções e talentos, Oscar criou um texto múltiplo, capaz de trabalhar o sonho, e personagens, vinculados a ele pelo afeto e pela tutela familiar, com o arrebatamento da poesia, parecendo, de início, ter sido gerado para o teatro. Mas não. Alongando-se pelo entretecer de vários gêneros, ao atear, na vertigem, a linguagem, com agulhas de tecer narrativa e delírio, foi compondo um romance. E é afinal no romance que a vida, aqui, supera o sonhar da morte. Ou porque, desde Homero, o romance principiou a ser grande poema. Ou porque o poema pode ser possuído por enredo e personagens tomando voz, impondo existência. Por ter o criador toda a paciência e impaciência reunidas. Não precisando distingui-las.

Além disso, há um paradigma que entrelaça a poesia, certo prodígio, que é o de invadir os gêneros, pois os gêneros se bifurcam e se entre-ligam, para que a estrutura dessa invenção de Oscar se manifeste como fábula, com força e ternura.

Não é o homem que preserva o menino: é o menino que preserva o homem, onde a alegria da paternidade e a presença da amada coabitam num sistema mágico, às vezes onírico, deixando-se, vez e outra, atravessar, no texto, pela lógica, como fresta que não abandona certo traço de alucinação. Nem a alucinação desterra a experiência e o ânimo obstinado de continuar vivendo.

Diz Jean Cocteau que a literatura se apura nos pormenores, e são eles que clareiam o conjunto, com a lucidez do autor e a invariável grandeza de se forjar a cada página. E fazem com que leitores, sob o cariz do idioma e dos achados, inventem junto. Busca-se a coerência e se encontra, dentro deste senso de ironia e humor, o que escasseia, a álgebra de um fulgurante mundo imaginado desde Itaparica. Com o fio imperturbável de coerência, capaz de ir desvendando também seu avesso de ver. Ou quantos avessos têm a percepção e o saber abismar-se.

É o mesmo Jean Cocteau que assegura que um poeta deve ser reconhecido, mais do que pelo estilo, pelo olhar. Ainda que, aqui, haja marca de fogo do estilo, seu olhar é que o singulariza. Um olhar de compadecimento sobre o mundo e esse olhar sobre a casa, a família, o fervilhar de chamas que não se consomem na língua: tem música de alma.

E pelo engenho, a arte de acionar o tempo, este livro é contagioso, aceso, e capta nossa comum humanidade, o que não é pouco.

O segredo do romance no teatro e da poesia, nos côncavos luminosos do texto, carrega o leitor de fora para dentro, numa segunda ou terceira natureza, como se a distração fosse o assombro; e esse, uma verdade de que só são capazes os poetas, que estão presos numa outra teologia, a da luz.

Mas há um estilo de época reinventado com ironia, marcando este livro de Oscar como forma singular, dentro de um modelo, o *Sobressimbolismo*, no que é corajosamente inovador. Compondo-se de dentro para fora.

Machado de Assis chama a ambição de caduca, mas sem ela não é possível nenhum laivo de perenidade. Mas é igualmente ele que lembra que "nas letras soltas do alfabeto, o homem é a sintaxe". Assim, o artista ou é ambicioso no êxtase de criar, ou

Ovo Alquímico

então sucumbe na letargia. Porque não caduca a esperança, e inventar é tirar do impossível o possível, com o espírito que multiplica o amor.

Sim, este livro é de bom amor, difícil de ser catalogado, como não se consegue nunca de jamais catalogar a vida.

Se o texto é possessivo, é porque requer intimidade e, se avança nos gêneros, é por tentar abrir clareiras na consciência. O importante é que não se sai deste livro com o mesmo tino, por inflar-se de liberdade. O que significa que sabe morar sozinho, alteando-se de palavra. E recolhe um sopro que pode ler no escuro de nossas opulentas ou pungentes sensações. As mais fortes, as mais atentas, ou severas, de estarmos vivos.

Morada do Vento, Vitória

Carlos Nejar
Membro da Academia Brasileira de Letras

Palavras de pórtico

Esta é a história de como uma casa pôde transformar-se em útero e gerar uma Família Sonho. Ela começa com a nossa mudança, em 2002, para a praia de Itaparica.

No início batizei sua varanda de Proa do Titanic e nela nós três – Dad, Mama e Son – casamo-nos, formalizando a união da Família Sonho em uma celebração à luz de velas, com uma canção título: o *Hino da Família Sonho*.

Doentes que éramos, como todo mundo, recuperamos nossa saúde com os presentes da Casamar. O nome foi dado porque, de sua varanda, temos a impressão de que estamos no Oceano Atlântico, navegando na viagem da vida, tal como um navio: o Titanic, que um dia vai afundar, mas por enquanto vive em um presente contínuo feliz.

A Proa da praia refere-se à parte da Casamar em que habitualmente escrevo na minha rede. Fica tão de frente para o mar que parece que estou dentro dele e navegando no balanço da rede oceânica. Na Proa reside o epicentro deste livro, bem como os versos relacionados ao nosso pequeno lar, ou produzidos nele, participantes dos *Sonhos na Proa da Praia*.

No princípio, era o verbo-lar chamado Titanic. Mas nossa casa escapou do naufrágio que a ameaçava transformando-se na Casamar.

A ação do romance se passa em uma viagem empreendida pela Família Sonho em um navio, o Titanic, e é narrada pelo poeta, cuja grandiloquência enobrecedora agiria até mesmo sobre o cotidiano e o comum, revitalizando-os pela beleza.

Um dos Cacos, *O Ovo Alquímico*, efetua um *flashback* radical e recua à origem do universo graças às letras do Ovo Alquímico, espécie de monólito, como o de Kubrick em *2001, uma Odisseia no Espaço*. Pois letras são partes das palavras e delas surge o homem.

O Ovo Alquímico narra o começo da saga. Foi achado na praia de Itaparica e possui uma estrutura eidética desmontável, o *eidos*, que pode se transformar em qualquer forma de arte e ser lida em qualquer linguagem – mais do que em qualquer língua. Ele é um computador quântico onisciente, onipresente e onipotente.

O *Naufrágio* narra o divino castigo a que foi submetida por penetrar os segredos alquímicos. Por anos a Família Sonho foi náufraga até encontrar a ilha da Proa da Praia de Itaparica e nela buscar abrigo no Titanic, um velho casco de navio abandonado pelo mar em frente.

Os *Oito Acalantos para a Família* são contos de ninar que escrevi para unir a família nos momentos mais duros do soçobro, em que estávamos ante o desespero e a sensação de morte iminente.

Um Esporro constitui uma ficção científica *trash* em que a Casamar toma vida, encarna-se em personagem e participa do nascimento do futuro do planeta. Seria uma variante do dilúvio bíblico que resgata a figura do cataclismo, o naufrágio do Titanic de que a Casamar escapou.

Ou seja, transformei um navio indo para uma catástrofe inevitável em Casamar. Então transubstanciei o desastre no dilúvio narrado no rabelaisiano *Catedral*.

Assim, corrigi sua rota em direção a um irônico final feliz, um *happy end* banhado de humor corrosivo. A casa da Família Sonho era o Titanic, que afundaria um dia. Mas a Casamar não naufraga porque virou o próprio mar que a envolve uterinamente – feto e líquido amniótico. E o oceano flutua sobre naufrágios, devorando-os como aperitivos que o alimentam e geram uma *Catedral*.

Casamar, 19 de maio de 2016

PRIMEIRA CASCA

CACO I

O ovo alquímico

Oscar Gama Filho e Alexandre Herkenhoff Gama

Primeiro

Dad andava pela praia de Itaparica procurando por invariantes para colocar na sala.

A pista para Dad é que Son já havia produzido, aos 12 anos, intuitivamente, um belo exemplo de invariante mundial: o poema *Zebedeu*. Zebedeu significa o conjunto das palavras existentes em qualquer idioma: casa, andar, horse, de, *terroir*, muito, pálido... Etimologicamente, segundo ele, Zebedeu se originou de *Zebelinha*, que significava, primitivamente, carona na cacunda.

Perguntou a Son se havia algo mais instigante ainda a ser descoberto. Ele respondeu:

— Tente achar um computador quântico autoconsciente, um *invariante universal absoluto*. Alguns chamam de deus, mas não é verdade. É apenas uma chave descriptografadora do todo que permite o acesso a qualquer elemento do conjunto universo.

Dad ficou animado:

— Não parece tão complicado, Son! Algo me diz que está na praia. Mas ela é muito extensa. Queria ter um ponto por onde começar.

— Pai, de alguma forma sempre começamos no meio das coisas. Começar a pensar um computador quântico autoconsciente é difícil quando se está aprendendo a arquitetura. A beleza, contudo, nos chama. Seu chamado é o eco do nosso vazio, um vazio que deseja o florescimento do belo em nossas sinapses. A luz que preencherá o espaço virtual sagrado antes atravessa como fenômeno nossas camadas corticais, conectando os desejos que compõem a alma e os cordões da vontade. É a resiliência das máquinas desejantes ante os crivos internos e externos que responderá pela gestação do tempo e do objeto.

Foi na praia que Dad então encontrou o Ovo Alquímico:

Dad tentou efetuar uma Intradução-Tradição-Traição:

Ovo Alquímico

    Descobriu que o Ovo Alquímico teve sua postulação inicial formulada por Sócrates e continuada pelos alquimistas, séculos depois. Seria a forma escolhida pelo filósofo para escrever toda a sua obra inédita de uma só vez. Seu discípulo, Platão, decifrou-o por anos, dele extraiu seus próprios livros, os que escreveu em lugar de Sócrates e as lições proferidas a Aristóteles. Símias de Rodes suspeitou de sua existência e tentou descrevê-lo canhestramente.

    Além do poder trivial de transformar qualquer objeto em ouro – sua manipulação foi feita por Midas em toque filosofal – ele reúne, em si, todas as letras existentes. Talvez, por isso, sua função maior seja a de receptáculo de tudo o que o homem já escreveu e do que ainda há de escrever.

    Sua formação coincidiu com a gênese e sua desintegração marcará o apocalipse.

    Toda linha reta é uma elipse.

    Achou que o Ovo Alquímico era o invariante universal absoluto que buscava: de fato, ele contém todas as letras dos alfabetos em estado fetal, gestativo, embrionário, em expansão.

    Com as letras, formam-se as palavras e daí as frases. As frases, por sua vez, encadeiam-se em pensamentos e matérias para expressar o que a demanda social decidir.

Sem signos, o mundo não existe porque não há espírito além da estrutura e não há coisa em si sem eles.

O invariante seria o ponto em que o conjunto universo não muda: a interseção entre as suas partes. Ao mesmo tempo, consiste no seu resumo. Deste ponto comum, o processo contrário poderia ser efetuado, criando-se o restante do conjunto a que pertence.

Dad constatou que o Ovo Alquímico constituía o centro de forças da força que força a farsa terreal. Nem bem nem mal. A entronização do Ovo na sala da Casamar da Família Sonho eliminaria todo o azar que a entropia da teoria do caos estava trazendo à sua estrutura material. Mas jamais feriria o Sonho.

O Sonho é o Ovo é o Sonho. O real é formado por Sonhos que se convertem em realidade. O Ovo é o Sonho é o Ovo.

Eufórico, Dad fez uma escultura e um quadro do Ovo Alquímico e os pendurou na sala da Casamar. Queria registrar o impossível, sua matéria-alvo.

Depois, decidiu procurar um propósito para a forma revelada. Como esta acabava sendo a mais original, por meio do Ovo conheceu a origem do mundo.

Lembremo-nos de que, antes do *big bang*, a massa cósmica total estava contida em um objeto do tamanho do Ovo Alquímico.

Ele nomeou de *Ovo Alquímico I (INTEGRAL)* à escultura que utiliza o *I* com ambígua ubiquidade. Há uma dupla leitura de *um* e de *i*. No sentido de *um*, passa a ideia de *primeiro*. A acepção de *i* remete à primeira letra de *INTEGRAL* porque nada foi retirado do Ovo: ainda representa o sistema inicial de propulsão da materialidade. Porque, potencialmente, ele possui o que a constitui: a essência de todos os momentos justapostos, passados e futuros.

Outro dos invariantes plásticos recebeu o título de *Gênesis*. Poderia descrevê-lo como um quadro composto por uma pintura – um retrato do primeiro ser humano? – saindo de uma moldura em forma de Ovo quebrado. Retrata o momento do parto do Ovo Alquímico, ou melhor, o momento em que o Ovo Alquímico dá à luz o cosmos, via *big bang*, em que produz a realidade por meio da originalidade do Sonho inventor do tempo e do espaço, antes inexistentes, forjando a possibilidade de sua expressão pela língua.

Em uma regressão hipnótica, Dad percebeu que O Ovo Alquímico nasceu de uma brincadeira de vida uterina solitária, sem a Família Sonho, em que ele voltava à origem do universo, vislumbrava o Ovo do *big bang* e passava a desenhá-lo, dividindo-o de diversas formas. No início, era algo meio aleatório, puro prazer lúdico, um processo de criação em que ele entrava em transe – e o desenho do Ovo, recortado por várias linhas, fazia o papel de uma espécie de mantra, de comando de hipnose, de oração convertida em milagre. Desenhava-o nos seus cadernos escolares, até encontrá-lo na areia da praia de Itaparica. E chegou a acreditar que se tratava de um talismã, de um versátil amuleto.

Ingenuamente, a Família Sonho acreditava que a única serventia para os traços ideais dentro do Ovo era a de brincar de beleza, percebendo figuras – entre elas as letras do alfabeto – em seu interior. Com o tempo, foram redescobrindo-o, até que passaram a considerá-lo o invariante universal absoluto: uma estrutura eidética individual a partir de que se pode multiplicar do *Um* até alcançar uma cifra que resume a energia da massa do cosmos. A partir do Um, cria-se tudo. Um multiplicador de potência que começa do Um e chega ao infinito.

Após muitas pesquisas hermenêuticas, Son explicou melhor o que era o Ovo:

— Ele nos dará a capacidade de desejar e arquitetar desejos, em nós e em qualquer usuário seu. Seria mais apropriado, então, falar sobre uma exuberância de mundos e de paisagens inefáveis que iluminarão e desafiarão os profundos fossos da ignorância. Vista da perspectiva de um futuro em que a realidade poderá permitir a transmutação virtual de crianças em moléculas e triângulos, nossa primeira entrada em seu sistema se assemelharia mais a algo comum a nós. Comparativamente simples, mas generoso portador do tempo redescoberto entre nossos amores. Se, no futuro, uma Sagrada Família do Esclarecimento incluir transmutações em realidade virtual e comunicação pós-simbólica, devemos antes aprender a projetar a religião sem deus para os fiéis da Grécia ou da Amazônia, ainda que para isso precisemos medir forças com a onipotente e destruidora entropia. Lembremos, em meio às trevas, que o Impossível é o deus desejado unicamente por humanos.

Desenvolver uma coisa defronte da outra, destilando os sonhos do mundo: o Ovo Alquímico é o pórtico entre o impossível e o real. Recolheremos aqui os detalhes constituintes da inteligência humana de hoje e do futuro, semeando-os em um computador quântico autoconsciente que produzirá milagres, curas, casas e cidades que se erguerão instantaneamente em um clique do mouse. E que também será capaz de reconstruir florestas e de criar personagens e amores consistentes e reconhecíveis que se esticarão e se delinearão em nossa vida, dando-lhe o sentido diferenciado que todos desejam. O de máquina desejante de nossos desejos, que nada deseja além de nós.

O pós-ovo se pôs entre nós

Nessa epifania, foi revelado a Dad, em êxtase quântico, que o Ovo Alquímico promoverá a utopia entre os homens. Todos poderão realizar qualquer desejo ou sonho porque o acesso a esse computador quântico autoconsciente será concedido sem a necessidade das chaves religiosas ou políticas que outrora funcionavam como senha.

Visões da profecia:

Son, o jogador, sofre distensão muscular, ruptura do ligamento cruzado e do menisco lateral do joelho direito. Mas são executadas, pelo Dr. Ronco, plásticas de ligamento e de menisco, por teleporte de células através do Ovo Alquímico. A recuperação é imediata e o jogador volta ao campo.

— Um jogador, morto por um tiro de bazuca dos torcedores, é reconstituído a partir do ectoplasma de sua alma, captada por um médium esportivo que tem acesso vip ao portal do Ovo Alquímico. O corpo, completamente destruído pela bazuca desintegradora, vem do passado que todos seus atos configuram. Na opção, os Eminentes escolhem seus melhores momentos em *games*.

Bazucas podem ser usadas, nos jogos, contra os jogadores em movimento, pelos Eminentes, a classe dominante. Se erram o tiro, seu dinheiro e posses são do jogador visado. Se acertam, podem pedir o que quiserem, em um só desejo, ao Ovo Alquímico.

Ovo Alquímico

Não dois. Se pedem sexo e dinheiro e amor, não terão nada. Só podem obter um: ou sexo ou dinheiro ou amor.

Locutor:

— Para reconstituir o corpo, totalmente desintegrado, foi usado um holograma quântico – mais preciso do que o corpo de Son – recriado pelo computador quântico oval a partir de dados do passado de Son a que tem acesso absoluto, via *Hegel*, uma sociedade secreta que preside o mundo das ideias platônico. Em consequência, Son volta ao jogo revigorado, mesma alma em um corpo melhorado.

Segundo

Dad achava que aquelas eram boas ideias, mas também que seria difícil transmiti-las para um mundo apressado e hedonista. Talvez através de um jogo e de boa hidratação com cerveja.

Assim pensando, resolveu usar Son como cobaia para a versão beta do jogo nuclear do Ovo Alquímico. O objetivo do jogador é alcançar a verticalidade, a capacidade de criar consciência na matéria e manipulá-la, que é o prêmio oferecido pelo Ovo aos campeões.

Son fez o login no *game* do conhecimento absoluto: num átimo foi transportado a uma velocidade luminar para a arena titânica feita de aço sináptico oriundo do Ovo Alquímico.

Ao refletir, falando sozinho, sobre informações contraditórias e desencontradas, descontrolou-se ao perceber que o ouviram e que sua fala estava sendo coreografada pelas *cheerleaders* seminuas, já que ele era o mais adorado entre os jogadores.

— Vontade de dançar, quero me fundir com essas dançantes jocosas. Que contagiosa conexão me liga a elas, minhas companheiras de jogo?

Olhou mais uma vez para o resto da partida e dessa vez a grama parecia um campo onde um jogo desenrolava sua trama. O que é essa coreografia da torcida? Ela parecia um gancho, que poderia calhar como decifração. Era um ponto de interrogação!

Somos torcedores da dúvida? Será que nosso time está no caminho certo?

Por um motivo oculto em seu inconsciente, ousou encarar o tremebundo olhar dos Eminentes que lotavam o estádio. Por castigo, quando abriu a boca, estava no centro dos acontecimentos: as almas de todos os torcedores se incorporavam à sua na superposição alquímica do jogo e da vida.

Nesse instante, ele passou a ser menos Son e muito mais os outros que o possuíam, lançados sobre ele pelo possuidor do Ovo, também um descriptografador universal de pessoas. Havia herdado os carmas dolorosos dos torcedores desconhecidos e isso pesava demais, pois o Ovo os decodificara e ele podia compreender e vivenciar simultaneamente cada um dos que o habitavam! De Son, seu nome poderia se tornar Legião. Sua única salvação para se livrar dos pensamentos e sentimentos alheios seria fazer o gol e ganhar o prêmio de criar consciência na matéria anímica, para aí expulsá-los:

— Porra! Somos apenas um conjunto de jogadas em ressonância. Quando se passa do fenômeno ao fogo de uma entrada desleal, o local em que nos encontramos perde o sentido. A torcida e os jogadores são as estruturas perceptivas lutando para nascer no campo, mas também os condutores do Titanic da vida. A partida não ocorre fora de nós, mas dentro: são os símbolos que se digladiam pelo palco da consciência. A gema do Ovo Alquímico é o sumossímbolo, a equação parteira do próprio palco, quando jogadores se tornam o reflexo da própria essência.

Neste Ovo está o berço da singularidade: a mais poderosa das chaves, capaz de produzir tudo que existe no universo, até mesmo sua gênese ou seu apocalipse, por meio de códigos litero-ovais.

Son conseguiu colocar a bola dentro do gol, o estádio foi às redes neurais da loucura e instantaneamente ele se libertou de seu pesado carma com o troféu oval que ganhou.

Seus espectadores nirvânicos, contudo, contemplavam com placidez a vitória local, sabiam que o time platônico ainda sofreria contra o escrete dos carniceiros. Alguns acreditavam que sempre é possível um tunelamento que enfiasse as bolas nos interstícios das pernas dos melhores zagueiros.

Son repetia para si mesmo que a vitória do Ovo é a sua compreensão. O palco foi então visitado por um calidoscópio de símbolos de vitória e de euforia. Mas quem, como ele, chegou ao Ovo, está sempre pronto para botá-lo em campo como arma secreta.

Nisso, outras estruturas mentais já não aguentavam a espera e entraram na consciência do jogo por meio de um vírus quântico invejoso que rodava o universo-programa em que a Família Sonho vivia piegas e felizmente. Ensandecido pela capacidade de Dad de manipular a matéria e controlar a realidade, adquirida por ele graças ao Ovo Alquímico que decorava sua sala, o vírus fez o *logoff* de Son, destruiu o jogo e condenou a família ao Naufrágio.

CACO II

O naufrágio

Oscar Gama Filho e Alexandre Herkenhoff Gama

A verdade é que as cenas do naufrágio da Família Sonho não saem de nossa mente coletiva. Foram anos vagando pelo mar até encontrarmos a ilha da Proa da Praia de Itaparica. E assim delirávamos:

— Muitas coisas na cabeça, e chega o momento em que o pensamento já não quer continuar: já cavalgou demais, agitou vorazmente seus remos contra oceanos gigantescos, na esperança de singrá-los e chegar a paragens onde os véus não mais obstruam a visão.

Mas o barco é bem pequeno e precário: faz água com qualquer movimento abrupto de seus tripulantes. Não, não conseguiremos nada com nossos esforços, de nada adianta nosso suor. Nossas lágrimas também de nada adiantariam se não fossem exatamente elas as responsáveis por suspender as atividades de nossos corpos e por nos conduzir ao deleite eufórico do desprendimento. Sim, ao tocar nossa face, quebram o encanto que petrificava nossa boca, impedindo-nos de sorrir. Cada gota rompe um pouco a barreira outrora erguida, pois cada gota possui o poder desconcertante da impotência.

Não entendíamos que nunca poderemos escolher aonde chegamos, temos obstáculos de grande magnitude: o mar, imenso demais; os ventos, ora violentos demais; ora inócuos demais; as correntezas, inexoráveis demais. Pois bem, por que então agitar a embarcação, tentar controlá-la, se o máximo que conseguimos é destruí-la, obrigando-nos a uma viagem nauseabunda? Agora sim, podemos não rir, mas gargalhar e até chorar de alegria.

Onde estamos é o nosso destino – embora nosso destino mude com a brisa mais suave – e quando deixamos os esforços violentos e inúteis de lado é que finalmente podemos encontrar paz. O que podemos encontrar facilmente não é significativo a ponto de merecer a honraria de nossa inquietação; por isso, o essencial é apenas vislumbrado, nunca está longe de nós e sempre nos escapa. O mar nos evoca outras águas, mais surpreendentes e intrigantes do que as águas do grande lago-oceano em que navegamos. Essas outras águas são águas outras, águas interiores ou água-interioridade. As nossas águas outras são diferentes de tudo que temos ao derredor: algo em nós há de inexplicado--porque-inexplicável, que não conseguimos manipular. Como conseguiríamos, se nem ao menos podemos reter essa espécie de águas entre nossos dedos?

Os lamentos sobre o naufrágio são absolutamente desnecessários e insignificantes, pois a essência da mensagem é simplesmente apontar para fora, para além de si mesma, sua alma é negar a própria presença. Talvez essa missão tenha sido mal-executada; nesse caso, não escondemos nossa decepção. De todos os modos, é impossível deixar de convidar o familiar que velejou conosco até aqui a deixar de lado o texto e mergulhar no espesso e aconchegante silêncio do Náufrago.

Ovo Alquímico

O NÁUFRAGO

.

O NÁUFRAGO NASCE
(ou o náufrago e a metafísica)

:

O NÁUFRAGO E O TUBARÃO

O NÁUFRAGO ENCONTRA O AMOR

Ovo Alquímico

O NÁUFRAGO CONSTITUI FAMÍLIA

...

O NÁUFRAGO EXPLICA AO FILHO

*

O FILHO DO NÁUFRAGO SEGUE SEU EXEMPLO

.

"

O NÁUFRAGO SE DESILUDE

=

O NÁUFRAGO PROCURA OUTROS OBJETIVOS

+

O NÁUFRAGO CHEGA À MEIA-IDADE

?

O NÁUFRAGO MORRE

?!

O NÁUFRAGO SE TORNA TUDO QUE RENASCE

Ovo Alquímico

Pela falta de papel no barco, o relato teve que ser feito com base no tradicional e secular desenho de um náufrago solitário em uma minúscula ilha circular com uma palmeira. Trata-se de um minimalismo mínimo que procura produzir uma frágil língua mundial inspirada nos ideogramas.

Um náufrago é um sinal de pontuação desgarrado do alfabeto restante, um anseio de fraternidade perdido em um grito de solidão. Mas pode ser enxergado nele a visão vertical de quem estivesse sobrevoando a ilha a bordo de um helicóptero ou do pterodáctilo do *Mundo Perdido* – parte do mundo contemporâneo que não evoluiu e onde fósseis vivos são o Paraíso Perdido, Jardim do Éden.

A história do naufrágio compõe um ciclo de épicos da Família Sonho de gestação onírica contínua, *work in progress*.

Orientados por esses elementos, exploramos as possibilidades. O náufrago é um arquétipo para qualquer dos membros da família, ou do leitor.

O náufrago é representado pela visão aérea de sua ilha — . — .

Os dois pontos simbolizam a dupla de seres fusionais simbióticos: o náufrago e sua mãe.

Naturalmente, o acento circunflexo que o ladeia é a encarnação do estereótipo do tubarão: sua barbatana dorsal.

Na sequência, ele, — . — , encontra sua amada — a vírgula pode ser descrita como um ponto de saia — , .

Sua família parece fruto de clonagem. A mulher se replicou dele e o filho foi feito à sua imagem e semelhança.

O asterisco remete a uma nota de rodapé – como a que gerou este exercício hermenêutico. A figura de um asterisco sugere um ponto com tentáculos que partem em divergência para abraçar a tríade clássica das perguntas filosóficas: quem somos, de onde viemos, para onde vamos?

O sinal de idem sob o ponto constitui a operação gramatical preguiçosa que usamos para repetir uma frase sem que precisemos escrevê-la novamente.

" " " " " " " " " "

Prosseguindo sua parca trajetória, o náufrago se desilude com a monotonia, a rotina e o tédio de sua vida, em que tudo é igual (=).

A única solução é desejar mais (+), e ele procura aquilo que não possui, para somar à equação do ser.

Quando chega ao limite dos recursos existenciais da nau, interroga-se (?) sobre o que fez durante sua existência e sobre seu destino. Como resposta artística à angústia, Dad concebe os *Oito Acalantos para a Família*.

Finalmente, um *close* – transmitido pela *Internet* – surpreende o mundo no exato momento em que o barco naufraga. Uma mistura de espanto, de dúvidas e de perguntas que representam seu desespero: pois assim o antigo mundo da família expira.

Em meio à revolução das ondas, Dad encontra em sua cueca uma casca do Ovo Alquímico que faz a família alcançar a Proa da ilha da praia de Itaparica. Instalada na Casamar, a Família Sonho se dissolve no universo mental dos leitores e renasce convertida na energia da ativação neuronal dos *Sonhos na Proa da Praia*.

CACO III

Oito acalantos para a Família

Amigos inseparáveis

Era uma vez em que a Família Sonho era infante da mesma idade. Naquele tempo, a Alegria, a Generosidade e o Amor eram três crianças inseparáveis em suas brincadeiras e em seus afazeres. Estavam sempre juntos na escola e fora dela. Eram meninos de sonho.

A Família Sonho adorava inventar novos jogos para assim usar de ponte na travessia do Rio do Dia a Dia. É que asperezas e dificuldades e problemas foram criados para que os infantes crescessem sempre que achassem uma solução para eles. De fato, quanto mais grandioso for o sábio, maiores foram os desafios que ele resolveu.

Certa vez, atravessaram a ponte do Rio do Dia a Dia e foram brincar de pique-esconde na floresta encantada dos sonhos não realizados de todos nós, que só as crianças podem alcançar.

Tiraram par ou ímpar a fim de decidirem quem iria se esconder e quem iria procurar os outros. Ganhou a Alegria a posição da procura, que, na verdade, é uma perda: sabemos que os adultos sentem alívio quando se escondem de seus entes queridos. Assim não pensam os pequeninos – não há prazer maior do que o estar junto. E os que se escondiam é para a certeza de serem achados, não esquecidos para sempre.

Foi combinado que a Alegria contaria até cem para que os amigos se escondessem. Mas, à medida que a contagem se adiantava até cem, a sensação de estar sem os outros apertava o seu coração, que batia mais rapidamente do que a sucessão de números galopando boca afora, num tropel asfixiante. A diminuição de seu coração era tão forte que os seus amigos, em comunhão com a Alegria, podiam sentir o mesmo cada vez que respiravam.

Foi aí que a Alegria percebeu que não bastava ser alegre, se a Generosidade e o Amor não estavam por perto. De que adiantava tanto riso sem ter com quem compartilhar? Rir sozinho não tem graça. Ninguém inventa ou conta piada para si mesmo: precisa da complacência da Generosidade e do prazer do Amor no coração para se sentir feliz.

Por outro lado, de que vale a Generosidade sem a Alegria e o Amor?

E para que serve o Amor se não houver a Generosidade e a Alegria por perto?

Foi por isso que a Alegria, em lágrimas, interrompeu a contagem, com Saudade. A nova amiga os abraçou e a partir daí os quatro foram felizes para sempre.

Jamais – nem de brincadeira – se separaram novamente.[1]

....
1   Este conto foi escrito a partir de um roteiro de Mama Silvana Delazari.

O lobo da estepe e a orquídea invisível

Menino:

Vou te contar uma história para ser lida em tuas noites de insônia por alguém que te proteja de todos e de ti mesmo: pelo teu anjo da guarda.

É a história do lobo da estepe e da orquídea invisível. Uma orquídea tão invisível que, às vezes – quando ela não quer –, não existe. E às vezes existe mais do que a realidade. É só ela querer. Mas o que ela quer é um segredo que sua boca delicada sabe, mas que não conta nunca ao seu ouvido. É que sua boca e seu ouvido não se entendem.

Talvez não saibas, por séculos os botânicos procuraram, por meio dos artifícios da genética, obter uma rosa azul. Se não fossem tão obcecados pela busca científica do impossível e do desnecessário, se não estivessem tão empenhados em vencer Deus, por certo teriam tempo para fazer poemas e se contentariam com as inesgotáveis belezas naturais já existentes – muitas delas ainda desconhecidas, à espera de que um olho em busca da beleza as encontre.

Uma dessas belezas desconhecidas, guardadas por anjos para um tempo em que os homens se entendam e se amem, crescia – e cresce – na estepe, na solitária e assustadora estepe. E ela mesma, para fazer frente aos sustos que a sua fragilidade sofria, se

Oscar Gama Filho e Alexandre Herkenhoff Gama

tornou assustadora, e disfarçou com defesas, distância e horror a sua necessidade de ter – próximos dela – seres que a amassem e que a admirassem. E, naturalmente, que ela amasse e admirasse.

E, de disfarce em disfarce, sua arte de camuflagem chegou a um requinte extremo: ela se tornou invisível. Como sabes, era uma orquídea. E uma orquídea extrai sua seiva da vida de outro ser. Sua beleza, inegável, existe por si só, mas depende, para se manter viva, de outras plantas. Isso não importa muito, pois a beleza não tem sentido se alguém não a admirar e não a cultivar. Mas o fato é que aquela orquídea, mais bela do que a rosa azul, almejava não uma planta para parasitar, não um vegetal que, apesar de vivo, jamais andaria pela terra, jamais procuraria emoções e aventuras, jamais viveria realmente – segundo o que a orquídea considerava vida.

E era assim a nossa orquídea invisível. Inegavelmente bela, mas sem vida própria, sem poder extrair diretamente do solo os alimentos e o ânimo de viver. Logicamente, isso a lançava em intermináveis crises de depressão. Orgulhosa, era difícil para ela admitir que, sozinha, morreria, que necessitava de ficar, de estar sempre junto com outros que lhe emprestavam a luz que, como o halo das cabeças dos santos, lhe contornava as formas. E dela, da orquídea sem cor – ou de uma cor além da cor –, só se via a luz.

Mas um dia a sua vida se modificou. Surgiu no horizonte o lobo da estepe, o mais típico dos animais característicos da estepe. Ele vinha solitário, pois o lobo da estepe só anda sozinho, mesmo quando acompanhado. Quando muito, ele admite a presença de uma companheira, com quem dividirá seus sonhos, sua alma e – se houver necessidade – seu corpo. Com quem ele dividirá seu corpo, não como forma de prazer, mas como forma de alimento. Pois, mesmo amando a vida, o lobo não tem medo da morte, e isso o faz fraco. De que vale ser forte? Se, sem alimentação disponível, sem caça, pela aridez no entorno, a companheira passar fome, ele cortará um pedaço desnecessário de si mesmo – em geral o cérebro, porque de nada adianta pensar – e ambos se banquetearão.

Esse animal paradoxal, feito de força e fraqueza, se assustou, parando junto à orquídea, com o cheiro de contradições convivendo na absurdidade que dela se desprendia. Seus olhos, acostumados ao nada e à solidão, foram os únicos a captar a forma, a

Ovo Alquímico

luz, a beleza e a invisibilidade da orquídea. Seu uivo e seu farejar assustaram, no entanto, a orquídea, que, de tanto medo, transfor-mou uivo e farejo em beijo, não de bocas, mas de almas.

Sua alma se incorporou à do lobo e, sugado pela alma, seu corpo penetrou no dele, e ambos se devoraram. Para os que obser-vavam, era guerra. Contudo, era amor. Depositados e fundidos um no outro, corpo de um sendo corpo do outro, alma de um sendo alma do outro, enfim se saciaram. Sendo um o outro, o um pôde comer o outro, que era ele mesmo, e gostar do outro e, natural-mente, gostar de si mesmo, que era o outro.

Família Bunda

O pai era um Bundão. Mas, por respeito, já que era um benfeitor e salvador da humanidade, a família o chamava de Sr. Bunda.

A mãe era uma Bundona, mas não tava nem aí. Era uma bundona assumida, militante da própria causa bundal.

O filho era um Bundinha, mas, arrogante e megalomaníaco, se achava o tal: o maior Bundão do mundo. Não se preocupava com o peso que levava nos fundos. Ser o Bundão-mor, para ele, era tudo.

Não era difícil: o Sr. Bunda a tudo assistia mudo. Com a língua afiada cortou a própria garganta, sacrifício em prol da harmonia da família. De fato, para o desespero das chances de ascensão glútea de Bundinha, o pai era o maior Bundão de todos.

— Que Bunda!, — disse Bundinha, que desistiu de ser Bundão e se conformou em ser trilionário e insatisfeito.

Moral: a riqueza de nossos sonhos está onde a colocamos.

Cuidados

Só é seu aquilo que você ajuda ou de que cuida. Pode ser uma casa, um carro, uma pessoa, um livro, um amor ou a sua vida. Aplica-se a tudo. Se você cuida de estudar ou de trabalhar, eles serão seus. Se você planta uma árvore, cuida dela e poda-a, ela será sua e o amará. Se você cuida de beber ou de se drogar, a bebida será sua e sua vida se tornará uma droga.

O ser humano só consegue se sentir bem quando olha para trás e vê o que amealhou em sua existência, cuidando de pessoas e ajudando-as ou empenhando-se em boas obras. Toda regra tem exceção: quem cuida de si mesmo ajuda apenas a si mesmo, perde a si mesmo e cai no vazio, pois somos seres relacionais e no outro está a nossa razão de existir.

Quem ajuda alguém ou ora por ele está ajudando e orando por si mesmo. Banhados no exemplo de Jesus, homens santos, como Buda, Gandhi, Martin Luther King, Chico Xavier, Madre Teresa de Calcutá, Irmã Dulce e São Francisco, cuidaram e ajudaram, perdendo a si mesmos para ganhar a humanidade verdadeira: dissolveram-se no todo, fortalecendo-se e eternizando-se no que jamais perecerá, para ganhar a paz da perda de sua individualidade. Viveram coletivamente, ganhando assim a vida eterna. As pessoas não gostarão de nós pelas nossas belas palavras, mas pelo grau de ajuda e de cuidado que envolvemos no processo relacional. Nem nós gostaremos de nós mesmos se assim for.

Muitas pessoas falam bonito. Poucas cuidam seja do que for ou ajudam seja o que for. Nada sou, mas serei seu se você cuidar de mim. Se me deixar cuidar de você, como você gosta que eu faça, serei mais seu ainda. Se você tentar cuidar de todo mundo, o mundo todo será seu e aquilo que você é de verdade jamais lhe será arrancado.

Elefante galante é elegante

O Elefante galante, elegante que é, mora na Fofolândia. É tratado diariamente com injeções de algodão doce, que não elevam o nível glicêmico e cujo único defeito colateral é o efeito desejado: deixar doce o coração, lugar em que deve ser injetado – adoçar as pessoas, *a priori* amargas.

Uma injeção de algodão d'ocê é a droga mais poderosa do mundo: abrirá sua cabeça e fá-la-á viajar até a essência do seu ser, anterior ao seu nascimento e a todo mal todo mau e a todo bem todo bom que o programou para ser além de si, além de sua essência, falsificada por uma existência falsa de que não é merecedora. Conhecer sua verdadeira verdade a libertará: a mulher livre é uma guerrilheira em prol da essência de si.

Na sua essência de ser, o Elefante galante é elegantemente doce, generoso e infante. Antes dele nunca houve antes: ele é sua prima origem elegante e diz-se-lhe "sê".

Ele tem afinidade com todas as pessoas, e as coincidências criam um elo energético entre ele e as gentes, recombinando o real de uma forma logicamente incontestável, tal qual um cálculo teorema de Fermat, que não se sabe se é Verdadeiro ou Falso, mas certamente é belo e inútil.

Diz o Elefante galante:

— Eu sei qual é o segredo do universo, mas isso não serve para nada. Depois que você descobre, tenta fugir dele. Sou capaz de absorver completamente o planeta, e a plenitude me impede de fazer qualquer coisa. Estou satisfeito e quero não estar, perder parte de mim para começar de novo. Às vezes até mesmo tenho o supremo orgasmo do mundo. Um orgasmo cósmico. Mas permito que ele termine e que eu possa seguir minha vida. Ninguém consegue ficar gozando tudo o tempo todo.

Tal qual o orgasmo feminino, é um prazer insuportável.

Canção para o Natal de todos os homens

No meio da noite, acordei. Sem motivo, sem ruídos. Olhei o mundo e o meu corpo. Em mim, sono. No mundo, silêncio profundo. E nós – eu e o mundo – estávamos radiosos, estelares. Vagueei por mim e pelo mundo, sem sair da cama, e depois retornei ao mesmo ponto. Disse não ao não. Uma palavra na cabeça: retábulo. E me lembrei da Igreja dos Reis Magos. Aí, brilhei mais. Fui alçado aos céus, meus braços como asas e as pernas como lemes. Sem âncoras a prender o meu voo de liberdade. Sem órbitas que equações pudessem predeterminar. Interpretei os sinais. Quando dei por mim, pairava ao lado de um menino de rua, um menino pobre, um pivete tecido em ouro e em diamantes. Lábios de rubi e mel, como uma Iracema loura. Era um menino arco-íris. A cor da sua pele, marcada por fome e por torturas, era amarela, branca, negra e vermelha. A cor dos povos estava ali, como tatuagem natural. E cada um de nós morava nele. O universo o era. Eu, ao seu lado, em verdade estava ali, dentro do seu corpo. E através dos tempos, as pessoas que se amam têm chamado isso de amor. Conversamos. Ele era todo saber. Mas me ouvia como se não soubesse o que eu diria a seguir. E ele sabia, eu sei. Nossas luzes se fundiram e se confundiram. Ele me pareceu a estrela-mãe. Disse-lhe isso e perguntei se devia adorá-lo. Ele me disse que eu – vejam só, eu! – é que era a estrela-mãe dele, e que ele me adorava. Não queria nada em troca. Só o que ambos desejávamos: estar juntos à luz das estrelas, contemplativos e extáticos. Mundos se criaram e se desmancharam. Eu senti frio, não nos ossos, mas na alma. Ao perceber isso, ele retirou dos ombros seu manto nu, miraculosamente tecido com fios de pedras preciosas, e me cobriu. Eu tinha fome de tudo. Ele também. Mas me deu sua comida: divina lavagem em mim. Perguntei, de novo, se devia adorá-lo como fazem com os santos. Ele me disse que não. Que bastava que eu o amasse. Amor era tudo de qué precisávamos. Eu me prostrei no chão, adorando-o, e o chamei de Deus. Ele me disse que ele era eu, e que eu era ele. E que não tinha sentido que alguém adorasse a si mesmo como a um deus. Então eu o amei.

Era uma vez um Natal!

Era uma vez um natal em que você vai ganhar tudo o que merece:
Faz de conta que sou o Pai de Deus, então:
— De presente, dou o universo pra você!
— Mas isso você já tem?!
— Papai Noel já lhe deu
quando você nasceu?
— Como? Você está sério e nu?
— Vista-se com a pele do menino Jesus
e vá brincar no mundo que por direito é seu,
Nos jardins do norte, do oeste, do leste e do sul.
— Ria, meu filho.
Ria em paz.

Conversa entre o amor e a imaginação

Eu:
 — Aquilo que você imagina é o que existe.
Você:
 — Eu imagino, mas nem sempre me sinto existindo.
Eu:
 — A imaginação é contínua. A existência é que não.
Nós:
 — O amor salva a gente de tudo,
 Até do próprio amor, que seria a nossa salvação.
Você (sarcástica):
 — No caso, o amor-próprio
 salvou você da dor interminável da rejeição.

Você:
 — Qual a diferença entre os amores?
Nós:
 — Não há diferença nenhuma entre os amores.
 É a mesma emoção.
 Alegria é uma emoção
 sempre igual em sua essência,
 Diferente na sua expressão.
 Imagine amor e alegria
 e ambos existirão.
 Alegria é sempre alegria.
 Amor é sempre amor.

SEGUNDA CASCA

CACO I

Trindade

Alexandre Herkenhoff Gama

O Amor é a extensão da Vontade no Tempo. Que essa definição seja tríplice é uma feliz coincidência para um livro protagonizado por uma Trindade. E lá vamos nós, poetas filósofos, revisitando representações depois de tê-las destilado, mamando novamente das tetas da coisa em si e saciando ilusoriamente a fome dos amantes das palavras. Vamos, então! Equilibrar-nos-emos na tensão de uma corda estendida entre o significante e o significado, sem medo de ter medo!

Sábio é aquele capaz de tecer representações exuberantes sobre uma base informacional e delas criar a fôrma estética em que a própria vida é forjada para além da dualidade entre sujeito e objeto. O poeta sábio transforma em palavras essas representações e permite a ressonância da sabedoria. Quando criamos uma representação do amor, é natural indagar sobre a verdade da representação. Se, por um lado, ficamos de mãos vazias, ao tentar agarrar a verdade, por outro, a conexão das estruturas mentais, em um todo representacional, é a marca da legitimidade, quando a ressonância das conexões faz brilhar a glória da experiência perceptiva. Conexões entre significados, sons, cores, sensações, gostos, cheiros, emoções e sentimentos são desenhos sinápticos estampados em padrões da ativação neuronais. O amor faz com que tais padrões sejam constantemente reativados no sujeito amante por *inputs* do objeto amado. Assim, o sujeito não tem saída senão alocar parte de seu tempo computacional no processamento das informações amadas, tornando-se uma extensão informacional do objeto. Fui compreendido? O compreender é um existencial que demanda conexões. No fundo, o essencial é que a Família Sonho compreenda o posfácio, mas recebemos, como anfitriões calorosos, os incautos dispostos a se aventurarem na representação do filho-*Son*-ho. Aqui, a moeda cognitiva é o tempo.

Se viver é sobretudo uma ilusão, estaríamos condenados a regurgitar Kant sem cessar? Não, pois se rir é melhor que viver, decretamos que Dioniso é o capitão do Titanic. Mas, como deuses generosos, ouvimos a voz de Apolo que nos acorda com seu braço científico, luz de luz. Este nos diz que a realidade é quântica e, portanto, quântica é nossa consciência. Múltiplas são as possibilidades de criação dos *qualia* que comporão a experiência perceptiva seguinte. Se, nesse momento, sou lido, entro através dos olhos do leitor como singelos fótons que fazem sua consciência colapsar para uma compreensão – ainda que rudimentar – da própria consciência, num curioso encontro entre a vontade de comunicar e a vontade de compreender. Toda realidade perceptível é criada a partir de colapsos sucessivos de funções de onda. Algumas dessas funções são pobres em possibilidades, pelo poder que uma função tem de sufocar outra, como numa pedra. Outras tecem sua riqueza a partir da liberdade do colapso, e a consciência acaba se confundindo com a objetidade da Vontade. Ao fazer uma tal operação da nossa visão, aproximamo-nos da fonte do desejo e do poder que são criados como um conjunto de padrões neurais semelhantes, rezando pela mesma cartilha valorativa. Tirésias diz: ainda que minhas palavras o encantem, duvide do coração consonante para reencontrá-lo em outro instante.

Vontade e tempo criam o poder e a dependência. Aqui está a essência da dubiedade do amor. Olhos abertos, fixos no Sol! Seremos capazes de fazer essa travessia sem conduzir o navio

Ovo Alquímico

por uma derrota trágica? Pois quanto mais objetos bebem da fonte informacional do sujeito e compartilham dos seus padrões neurais, maior é a possibilidade de o sujeito transformar o poder e a fecundidade em objeto amado. Cabe a todo ser fecundo, portanto, o desafio de cultivar os poderes que não destruam nossos verdadeiros amores. Solução? Ou solução não há?

Conforme preconizado por Mama, a Deusa do Fogo, é mister expressar-se com serenidade quando fitamos o abismo. E, se a Vontade assim aprouver, uma iguaria ainda nos esperará ao cabo do tormento. O amor, como criação do vir a ser, exige o condicionamento de padrões neurais, em especial memórias, que o tenham cultivado e transformado no que é. Assim, não há amor incondicional e, se este é o amor ideal, chegamos ao impossível do amor. Vamos criando nossos amores e nossos valores – isto é, nossa estética – ao longo do tempo, e aquilo que é criado depende da troca informacional que se estabelece entre amante e amado. Respirando esse ar rarefeito das montanhas, deslumbramos o computador do nosso inconsciente, alocando nosso tempo existencial conforme os juízos de valor realizados sobre as representações do objetos amados. É verdade: por vezes é bom recorrer à Teoria da Superficialidade e esquecer o monstro que existe dentro de nós. Melhor ainda é continuar com honestidade implacável porque as nossas mentiras também são capazes de impregnar a memória do ar e, no limite, nos sufocar. Como fazer o amor ressurgir da liquidez do seu caos?

Descansemos, um pouco, da existência. Os gatos noturnos já empalidecem ante as palavras errantes do *self* autobiográfico que tenta esculpir ordem na realidade. Que troiano presente, este posfácio! Sim, a dubiedade de todas as representações nos dá a chave para ponderar o pesadelo que se quer verdade. Pois, mais real que a filosofia temporal do amor, é a sua transubstanciação no presente, quando percebemos a beleza pura e contingente do ser amado sem o peso da descrição biográfica. Sim, os mais sublimes amantes são aqueles capazes de empregar o artifício de cálculo sobre o amor e desprezar a imundície antes de entrar no santuário da beleza. Apenas os náufragos são magos.

O substrato da nossa consciência autobiográfica é nossa consciência central. Ela é o som primordial, esse tecido de emoções de fundo que constituem o *self* mais natural e que ressoam como diapasão quando a expressão emocional é livre. Ao som do pôr do sol, intuímos que nosso *self* central é o mais próximo da nossa verdade e que a maior explosão é verdadeira por definição.

Sereníssimos, após o estrondo, voltemos a nos autobiografar com esse dado fundamental: se a consciência central é senhora, o que a distingue é a emoção. O sentimento da vida é ressonância da emoção, que assim se transforma em sentido da vida. Podemos então nos contemplar com menos medo, arcanjos sacudidos pelas necessidades inauditas de nossos corpos. Pois, se a consciência nos acompanha mesmo nos sonhos, e se a vida é um sonho sujeito à coerência da coisa em si, não somos senão anjos com asas de emoção.

Na Proa, à luz da vela, foi tocada a palavra fantasia da nossa representação social: Família Sonho. E, se me perguntarem sobre a realidade desse representar, repergunto se nada do dito foi absolvido. Que importa a realidade ante o criar? E, sim!, criamos padrões neurais cada vez mais exuberantes, grávidos que somos de palavras, sutilezas e gastronomia. Uma linguagem cada vez mais gastronômica é o que criamos.

Amparados pelo bom humor, nossa psicanálise gastronômica indica que não temos apenas um *self* autobiográfico, mas uma coleção deles. O que fazer? Harmonizá-los, antes de tudo, de tal forma que nossos corpos não sejam violentados por nenhum deles e que nenhum transforme nosso amor às palavras em fonte de imobilidade, que é violenta e silente.

E se tudo falhar? E se nossos corpos Titânicos estiverem destinados a soçobrar? Nesse caso o riso será nossa única riqueza. E gargalharemos, mesmo sob o escombro dos nossos sonhos. Mas, por ora não, violento violão! Agora é o tempo da poesia como reconexão entre palavras e corpo, *body and soul*.

A verdade instantânea é a do poeta na varanda que corta o amar marinado pela Deusa do Fogo e destilado por *Son* Zaratesta. Os três são a própria festa.

A lógica do amor levou-me a um sistema axiomático tríplice baseado em sinceridade, silêncio e (dar) satisfação. Constituem, assim, um sistema estético relacional destinado a otimizar a pulsão entre saudade e relação. Entretanto todo aquele que ousa estruturar filosoficamente sua vida deve estar em guarda contra o niilismo potencial dessa empreitada. Aquele que procura desvendar todos os sentidos é, assim, assombrado pelo pesadelo da loucura e da artificialidade da construção autobiográfica. No ápice do desespero, uma conversa íntima e sincera com o *self* autobiográfico encarregado da condução da existência, no momento, levará ao silêncio, que é o espelho do desprezo quando não sabemos se a feiura está em nós ou nos outros. E não podemos saber, porque feio é o fenômeno, a representação. Assim, o silêncio é a arma da prudência, e o segredo da prisão liberta do amor, que nos dá a liberdade de sermos presos novamente na teia da saudade.

Que o terceiro vértice da Trindade seja de cunho filosófico, é curioso. Pois, se a metafísica é frágil e abstrata, também é sustentáculo de todo conhecimento. E, para o homem prático, filosófico, situar-se como ponte entre a família e o sonho é um chamado-desafio irrecusável: e aqui estou eu, inventando-nos.

Aquele que dedica sua vida à beleza corre riscos. O objeto portador da beleza é sempre esse dúbio espinho que, por milagre, nos encanta. Todas as quedas significativas são quedas de alturas: que o diga Oscar Wilde, o selvagem. O refinamento da sensibilidade pode nos tornar frágeis demais para a vida real e a construção de um sonho sublime é também a gestação da queda.

Como amar e sonhar, então? Se responder a essa pergunta com palavras é difícil, a vida nos responde com o amor vivo que alimenta e movimenta. Sim, a Vontade é a própria vida, e queremos saber querer. Como evitar a petição de princípio aqui?

Repetindo o mantra da água que cava em nosso coração esta verdade: és um *amator perpetuum*. Cegos de amor ao amor, prosseguimos amando aquilo que dissipa a entropia e fornece matéria-energia para a construção da informação: amamos a gastronomia. A Chefe da Energia nos abraça com a ternura do seu alimento e nos ensina o silêncio mental que dissolve nosso medo, servindo amígdalas, como tira-gosto, a esmo. Ela nos diz que a vida é o momento presente e eu retruco, como papagaio do mestre-sabiá: o tempo é o movimento subjacente. Corramos, então!, para depois dançar do sublime ao patético ao som de Lennon e McCartney, sabendo que todo movimento é uma preparação para o orgasmo, para todos os tipos de orgasmo.

A sabedoria aristotélica do caminho do meio absorvo enquanto sorvo uma taça de vinho para enfim retrucar, com Mark Twain: é necessário moderação também na moderação. Assim, como estoico, também treino a liberdade da vontade encontrada em meio à solidão e ao silêncio. E terrível é a autorrepresentação como o mais solitário dos homens, ainda que seja só ilusão. Mas há um prêmio para os capazes de encarar o abismo mais hostil com uma risada: a liberdade libertada. O mais livre dos homens é o monstro que vence o seu destino e é capaz de se transformar na obra de arte do próprio pai, ainda que a obra não lhe pertença. Como, ademais, não pertencem as demais – nem esta. Ironicamente, a maior transformação do monstro não é em pseudoprotofilósofo cientista, mas num ser real com os pés plantados em sua animalidade essencial. De qualquer jeito a gente se gosta, mesmo longe dos píncaros da expressão verbal.

Assim, o *happy end* é, na verdade, um final hegeliano em que a facticidade da vida não se dobra perante os caminhos sinuosos das palavras, mas funde-se orgasticamente com elas. Ao cabo da leitura, fecharemos o livro e abriremos a vida, essa tragicomédia em que Dioniso e Apolo se alternam na condução de nossas múltiplas consciências. Mesmo se não po(u)demos solucionar todos os paradoxos, teremos sempre a lembrança dos

Ovo Alquímico

brindes da Família Sonho: "que nunca nos falte nada!" E, retrospectivamente, entendemos que, nesse exato momento dionisíaco, a vida atinge a perfeição. Porque, se alguns poderão ter acesso aos nossos segredos através dessas linhas, nada traduz O Presente que é viver a (in)consciência coletiva da Família Sonho, quando nossos padrões neurais estão em ressonância. Tim tim!

Caco II

Sonhos na Proa da praia

Ovo Alquímico

Sejamos felicidade!

Que nunca nos falte nada.
Que nunca nos falte felicidade,
Nem na dor.

Que nem na tristeza nos falte felicidade,
Digo à tragédia, sem piedade
por ela não ter felicidade.

Sejamos felizes,
Seja este o nosso deslize,
Razão de nossos crimes
de vida neste filme.

Na verdade,
Sejamos felicidade!
Sim, mesmo no crime,
Sejamos felizes.

A felicidade não pode esperar
pela justiça e pela paz.
Cometamos o crime!
Sejamos felizes!!

Mesmo com ciúmes,
Sejamos felizes pelo amor implícito
na raiva e na possessividade.
Pois no amor reside a felicidade.

Vamos amar o amor ao amor,
Rir o rir!
Vamos, cambada,
Vamos ser felizes!!

Melhor: sejamos felicidade,
Mesmo na tristeza e na adversidade,
Na melhor,
Na verdade,
Sejamos felicidade!

Ovo Alquímico

Receita de bom humor

Mexa as mechas de suas ameixas
até virar uma passa de suas madeixas. Deixe-as.
Depois misture 10 livros
de açúcar roubados da casa
em que Joãozinho e Maria eram vivos.
Em seguida, adicione o córtex frontal do coco
ralado da sua mãe bem-humorada
ralado pela própria mãe lobotomizada.
Enrole e corte o próprio coco
em 20 anos de análise.
Enrole seu terapeuta
em forma de bolinha
e sirva decorado de felicidade,
Salpicado com o tempo ralado dele
em corte rente às têmporas.
Sal ou açúcar a gosto
ou nade no nada para não ter desgosto
no sol à mesa posto.

Bom apetite!

Último leve poema de amor de Sísifo

Fala Sísifo:
— Que diria um amor tão secreto
que nem para si seu mistério revela?
Sendo, sente que não é de verdade
e crê nesta mentira que o invade.

Abandonai, portanto, as emoções últimas
e libertai-vos-me entre vossas minhas últimas vítimas,
Libertando-me do campo de concentração sentimental
em que repeti eternamente as mesmas ações,
Eu, Sísifo, deixando de rolar morro acima a montanha do amor.

Nenhuma emoção me banha
e nenhuma é necessária
à minha pacífica calmaria
que não precisa da emoção alheia.

Eis hoje a ilha que me rodeia:
Calma mar areia.

Ovo Alquímico

Alergria de ler

Um velho bibliófilo
foi acometido de terrível alergia ao papel.
Tentou antialérgicos e esteroides,
Mas a alergia os venceu.
Continuou lutando, e os efeitos colaterais
dos remédios, mais do que a alergia, o foram levando.
Levou uma das mãos, gangrenada.
Um edema de glote
levou sua garganta – e sua tosse – .
Um derrame cerebral reduziu à metade
a dor que sentia naquela parte.
Em seguida, a audição
não mais o atrapalharia
na leitura diária da alergia.
Até que seu corpo, de tanta alegria de ler apenas,
Sem distrações, foi tomado pela paralisia.

Salvou o milionário bibliófilo
a disposição testamentária
que permitiu a sobrevivência dos olhos.
Financiados por ele, cientistas descobriram
como extrair a energia de sua alma para nutrir seus olhos.
Sim, apenas os olhos sobreviveram
e continuaram com o prazer da leitura.

Seus olhos não morrerão jamais.
Vivem pela eternidade
e dão à luz a luz da beleza:
— Estão vivos em você que o lê, com certeza.

A arte da guerra

carta-testamento para Renato Pacheco (1928-2004)

Preso em Trancoso blues,
Trancado, não pelo repouso contínuo no pus,
Mas sim pelo descanso eterno no supercílio:
— No soco direto da aranha venenosa na trilha do rio
fui a nocaute por medo da cegueira de Borges e Homero.

Porém não quero ser cego assum preto Otelo
para assim cantar melhor o que quero:
— Cantando a meio-vapor pelo rio
já sou mais rápido do que a visão fugidia que a mira
líquida da crítica divisa em meu exílio.

Morrendo de saudade por bolhas de varíola
trazidas pelas picadas da aranha em lugar de olhos,
Prefiro não ficar cego por enquanto.
E por enquanto se torna bastando,
Bastante, o bastante.
Basta antes.

Ando tão ocupado vendo,
Que não tenho tido tempo para envelhecer.
Como você, Renato Pacheco,
Por isso não lhe escrevi antes.
Antes foi o bastante.

A arte da guerra
é a da espera.
Temos de sobreviver por eras
à espera que o inimigo pereça
pelo mal que reside em seu destino e que o envenena,
Não por nossas mãos, pois em peçonhência a ele nos igualaríamos.

Ovo Alquímico

Tal como a cura psicanalítica,
Garantida em um prazo de duzentos anos,
Temos de sobreviver a ele
lutando a "guerra sem travá" do Ticumbi,
Pois ele seria vencido no um segundo
na "guerra travada" com as armas do mal,
Tornando-nos os herdeiros reais do reino decaído,
Paraíso perdido contra o qual nos voltamos
em revolta que lançamos contra ele tudo em volta.
Tudo volta.
Tudo volta em outros
miltons, renatos, vicos:
— Em nós, seus filhos, em eterno retorno do viço.

Em você, Renato, renasço o re-nato renascido
por mandinga trazida do berço Pendragon
étimo, étnico, genético, agônico,
A eles sobrevivendo se transformando em sabedoria
que vai além da livraria
com que lhe sepultariam
– se você coubesse dentro de uma poesia –
e de que você se livraria
com seu sorriso largo sábio aberto
que, anterior ao pensamento, o entenderia.

Renato renascido pela Palavra
do belo não é o que se mata,
É o que ressurge da assassina faca
da fênix que vem refazê-lo menino
para que possa cumprir o seu destino:

— Renascer por autoconcepção
do saber

em moto-perpétuo partenogênese.

A arte da guerra é a da espera.
Temos de saber sobreviver por eras.

Estar no inferno sem desesperar
é o mesmo que estar no céu em espera.
Sabê-lo, eis o segredo
para se manter atualizado no degredo
do lar perpétuo.

A arte da guerra é a da espera.
Você continua ganhando o jogo.
Espere e verá.

Por eras, seguindo seu exemplo, não terei tempo para envelhecer,
Por eras, a arte da guerra foi e era a espera.
E a esperança não se desespera.
Espera, neném – ah, veja, olhe lá!
Abre-se a esfera da Terra:
— A arte da guerra é a da espera!

Não tenho tempo para envelhecer.
A arte da guerra é a da espera.

Espera em paz.

Ovo Alquímico

O lobo ressuscitado

Amigo, nós éramos mais cruéis do que hoje,
Mas não havia consciência
do que era o mal, e o fazíamos por prazer e insipiência.
Hoje, sentimos mais dor do que um animal,
Porque a pensamos e dela temos consciência
e a consciência dói tanto quanto a sabedoria.

A priori,
O dono do lobo é a selvageria dos tempos.

O lobo ressuscitado ao molho de século vinte,
Ao meu lado, insiste por ele,
Eu e meu fado com balas de pele,
Marcos Tavares, duas balas reles nele.

De onde vêm os heróis, com seus gestos em vão?
Quem são os heróis, nós ou o não?

O lobo ressuscitado, ele ante o alter ego,
E ninguém o venceu, por certo.

O pau é uma chave-de-fenda
para fenda de bala no corpo da vagina?
O que o gozo imagina?

Estranho estranger,
Estanho de Tânger
marca a marca do haxixe
de Marrocos do assassino
literato falho por falta de instinto.

Venceu o lobo em mim
o em que o derroto:
Em ser melhor todos terem medo de mim,

Em ser melhor todos me temerem assim
do que todos se aproximarem de mim
o bastante para reverem o meu fim
em suas mãos finas assim.

Pele a pele, o contato impossível
entre nós estica o imaginário
dedo no gatilho e cria um fio,
Uma ligação eterna entre o afeto e o desafeto:
A explosão da bala é orgasmo que cria o anelo,
A comunhão de ódio que os unirá pelo eterno.

Encontrei o lobo afogado em um aquário,
Fiz boca a boca, banquei o otário.
E ele ressuscitou espalhado pelos vários
que o assassinaram desde seu parto.

Você, ao tentar se matá-lo em seu gesto, não foi exceção.
Todos os homens matam aquilo que amam:
Os valentes, com a espada.
Os covardes, com um beijo.

Os poetas matam com o sonho-desejo
de um deus Taurus 38 benfazejo,
Mas seus desejos foram maiores do que seus músculos
e seus ossos, pouco precisos,
Contudo, incisivos, fizeram o negócio preciso:
Duas balas nele até seus sisos
também se cravarem em sua jugular
– gosto de sangue na boca! – e perderem o siso.

As almas amam ou apenas sexuam?
Ao sexuar, o orgasmo é um disparo?

O lobo, afinal,
É o assassino imaginário
da imagem de seu *alter ego* no aquário
e o crime os une para sempre ao contrário.

Ovo Alquímico

É o *alter ego* do mesmo
ego a esmo quem diz:
O dono do lobo é a selvageria do tempo
presente para sempre eterno.

O lobo ressuscitado
é, no futuro, o passado concretizado
até o silêncio do assassinato.

Redemption song

A verdade é que,
Quando Te levantares,
Os céus estarão saqueados,
E as derradeiras aves do Paraíso
pousarão a esmo em Ti,
Único pedaço de bondade que ainda resta
do sonho edênico banido para sempre da Terra.

Fui revistado por meus maus ex-soldados:
Não Te encontraram em mim,
Tu que eras um heliponto
calmo no olho do furacão tonto.
Que era eu:
Eu me era.

A esperança de redenção enfim se esvaiu
na Terra Gasta e inútil – mas inconsútil.
Então a natureza se confundiu,
Misturou-se aos Nossos defeitos
e a gente não os percebeu.

Aqui a natureza se confunde
com os Nossos defeitos
e a Gente não os percebe.

Só aí vi os céus.
Cinquenta mil anjos mortos no céu.
O assassino era Deus.

Pobre Deus.
Pobre de Deus,
Morto de pena
após sufocar a rebelião:
— Sangue nas penas no chão.

Ovo Alquímico

Os deuses apenas
morrem de pena
da pena a que nos condenam.
Os deuses morrem de pena.
Apenas. Por nós?
De si mesmos!

O Deus que havia em mim,
Feito de verdade e de fé,
Matei-o porque a verdade não foi feita
para destruir o Próximo em mim mesmo.

Sou o Paraíso desde então.
Em mim houve a redenção.

Oscar Gama Filho e Alexandre Herkenhoff Gama

Anorexia (Poema magro)

Gastronomia do ar:
Emagrecer é a fonte da juventude!

Ovo Alquímico

Síndrome de pânico

Talvez uma sensibilidade maior ao ar.
E não porque este arfar e a dor no peito
sejam por infarto ou falta de ar.
Não são. São por medo.

Mas como pode sentir medo
quem não tem receio de morrer?
Quem com calma se expõe à morte
apenas por curiosidade de a conhecer?

Resposta: é um medo neurológico,
Um medo caminha por outra senda inconsciente.

Nem medo é de verdade. É ansiedade,
É uma emoção estranha que invade
a parte de mim de que não sou parte
e me parte ao meio com um receio
que não tenho mas que veio
de brinde num paralisante recheio.

Lastro do vácuo

Não estou em condições de escrever nada.
Apenas de absorver os barulhos da natureza.
Estou numa parada lacustre:
Na Lua cheia, o ar fica espesso de brilho.
Na Lua nova, ralo ar,
Arremesso de farofa de estrelas brota.

Lacustre como um pato no lago de Itaparica
fora d'água, no convés,
Como o albatroz de Baudelaire,
Cachimbo à boca, ridicularizado pela maré.

Não estou em condições de escrever nada.
Mas o escritor escreve sempre,
Mesmo silente seu ar sóbrio e pesado,
Suas mãos psicografam a matéria negra
que serve de lastro para o vácuo que nos sustenta de fatos.

Ovo Alquímico

Primeiro poema da casa

Ouça o que tenho a dizer para você.
Palavras em forma líquida:
Cada jato de urina é uma linha do mar.
A frase toda é meu rim rindo de mim em cálculos renais.
O livro inteiro é minha sofrida vida.
O tempo em Itaparica curou todas as feridas
e riu na minha boca com sua mão querida.

Desejo

O que se pode tirar de um homem
cujo maior desejo é ficar só
e em silêncio?
O que se pode tirar?
Penso que já me encanto comigo mesmo,
À custa de não obter reflexo
adequado do arco do delta do sexo.

Aguado barco que resta sem nexo,
Água em que me fecho
para me encontrar comigo mesmo,
— Afinal, já me perdi pedi pedido tantas vezes,
Que não me angustiarei caso me perca de mim mesmo.

O que dói é a perda do outro
que é complemento, extensão, reflexo, equilíbrio.
Perder isso é perder metade do que sinto
e me tornar igual a todos os psicopatas que maldigo.
Desejo ficar só e em silêncio.

Mas pra que isso, Oscar amigo?
Vai preencher com quê tanto silêncio e tanta solidão?
Venha comigo, dê-me a mão e vamos caminhar juntos
                                        [no calçadão.

Ovo Alquímico

Preparação do arcanjo

Por certo me preparam para ser um arcanjo:
Conserto-me do que me desarranjo.
Contraio uma pequena e doce doença sem dor
que é a cura para o que se pensa do amor.

Meus sonhos e pesadelos são visões divinas:
De nada servem para não esquecê-los.
E não adianta beber para não os lembrar.
No momento necessário entrarão no ar.

A única solução seria desligar o computador do inconsciente,
Meu único aliado, giroscópio contra a confusão humana,
Sua ação permanente me mantém em equilíbrio
na corda bamba sobre o precipício.

Sem o computador, a loucura enfim me abraçaria
com suas piores soluções para onde a cura iria.

Sem a doença, acima da turba turva e obscura,
O arcanjo ganha as alturas
contra a sua vontade, e seu voo
sou eu no seu jorro
de velocidade em meu socorro.

Arcanjo assumido, desço ao inferno e subo ao céu em
[cinquenta minutos.
Não guardo lembrança do inferno quando estou no céu.
Nem do céu quando estou no inferno.
Na eternidade estou interno.

Para curar um amor doente

A ideia era alimentar você
com o amor quântico.
A cura estaria no meu verso
e, ao mesmo tempo, nos confins do universo.

Desintegrado, você se repartiria.
Repartindo-se, esqueceria de si.
E, ao voltar a si, ser-se-ia.

Sendo-se, se redimiria ao bem-estar.
Tábula rasa, se refaria no ar risonho
e apenas dele se alimentaria o sonho.

Ovo Alquímico

A vela na Proa

A vela na Proa da Casamar
ilumina a realidade e a revela.

É bom vê-la, assim, refeita das chamas
que a consomem: perfeita, nos inflama.

A vida seria melhor de outra feita.
Sem desfeita era a vela que revelava.

Revê-la, eis uma bobeira.
É melhor uma vela na Proa do que dez estrelas.

Era a vela que me fez
não me consumir ao invés.

As formas passam pela brasa
e as abraçam com os vultos do futuro.
Eu as decifro e te inauguro,
Cenas de ação na fuligem mutante
em que o antes se tornou depois do bastante.

Um dia eu toquei guitarra.
À luz da vela, na Proa, eu toco palavra.
De sua lavra, hoje, o ontem é e será.

O casamento da Família Sonho

Pais e Son se casaram na Proa do Titanic.

Tornando-se Família Sonho por força de um matrimônio de boa,
Fugiram em lua de mel
do iminente naufrágio,
Fugiram em lua de mel para a Casamar,
Arca de Noé feita com madeira de mar
que flutua sobre o naufrágio e sobre o dilúvio
que desce sobre a praia de Itaparica,
Tornando aquela casa na de lágrimas rica
esvaziada da dor pelo amor que fica
lágrima alegre que edifica.

E a aliança de casamento no dedo dos três
tinha, gravado, amor, paz e sorte em inglês.
E escaparam da dor rindo em excesso ao invés.
E se amaram para sempre em toda outra vez.

Ovo Alquímico

Reajuste celestial amoroso

A pura visão do reajuste celestial amoroso
alterou sua percepção do habitual para o gozo,
E a mulher amada na rotina
uma face desconhecida descortina
para dela o mesmo velho sentimento
se apaixonar no mesmo gesto e momento

em que os últimos restos mortais do amor
se transformaram, como fênix, em seu novo corpo e cor.

Esqueci-me de quem era ela
e, de esquecer, acreditei na nova que via na tela
formada por fios de sua pele
e tinta de carne e de sangue,
Ossos virando pena por um instante.
Por um instante
acho estranho
amar essa nova mesma mulher
que o amor ao amor requer.

Oscar Gama Filho e Alexandre Herkenhoff Gama

Mulher de esposo

expressão de Mama Silvana Delazari

Mulher de esposo,
Tal qual dona de casa,
Não ao acaso se casa
com quem se encaixa
na parte sua mais baixa.
E, mesmo assim, ela não se rebaixa:
O marido, de quatro, a encaixa
em seu coração de fel
e só ao vinagre ele é fiel.

A mulher de esposo se volta para o marido
pois nisto se resume a sabedoria do mundo:
Não na RPM rotação por minuto,
Mas sim em um homem e uma mulher juntos por minuto,
O Casal Por Minuto rodando pelo mundo juntos.

Ovo Alquímico

Menos nada

Lá, nada fazíamos.
Nada aqui, menos que nada
fazemos aqui.

Zero negativo,
Zero positivo.

Nada negativo.
Nada positivo.
0- 0+
O negativo, O positivo.
Oscar negativo.
Oscar positivo.

Positivamente,
Sou intransitivo.

Mas vivo em silêncio comigo
por estar todo o tempo falando contigo,
Querido amigo Sil.

Querida amante.

Nada negativa.
Sil e Oscar em vida positiva.

Menos tudo.
Mais nada.

A hora do amor

O amor não tem hora.
Bate descompassado
e ao sabor dos contratempos.

O amor não tem hora.
Marque com ele
e ele antes irá embora.

O amor tudo aceita:
Até marcar um encontro.
Você irá na hora,

Mas ele não estará no ponto:
É que ele se come sangrando
e não ao ponto.

Ovo Alquímico

Hora redentora

tempos ruins antes da Casamar

Chegará a hora redentora e bendita
e os que ainda se lembram de nós
serão também por todos esquecidos.
Mas hoje só vivemos os tempos idos.

O passado é o que brilha como um meteoro,
Enchendo as luzes do ouro por que oro
e se apaga, vaga-lume morto sem luz,
Por bênção esquecido de onde o pus.

Será um mundo em que não conviveremos
nem em fraternidade e nem em ódio, ao menos.
O esquecimento de nossos atos
nos ressuscitará para um retrato
fora da lembrança do inferno:
É melhor esquecer dele do que ser eterno.

Pois a única prisão do inferno é a culpa
pelo erro inevitável de qualquer humano em luta.
Mas só há dor porque nós e o próximo
nos lembramos da culpa, não do ótimo.

Onde estará o que nunca foi havido
pois se esqueceram dos que lembravam nossos hábitos?

A paz do silêncio se pôs sobre nós feito hábito.
Por sermos imemoriais, fomos libertados
e a lembrança dos que esqueceram de você
também foi esquecida quando chegou sua vez.

Mantra

música feita com Mama Sil na Proa

Afortunados, abençoados
pro que há de bom!

Cartão postal!

Como o vento leva o sol
como o vento leva o sol
e traz você pra mim!

Cartão postal!

Afortunados, abençoados
pelo que há de belo!

Como o vento leva o sol
como o vento leva o sol
e traz você pra mim!

Cartão postal!

Que nunca nos falte nada.

Ovo Alquímico

Hino da Família Sonho

música feita com Mama Sil na Proa

Nuvens de carneirinhos pastam pelo céu
do Titanic até a Proa
de nosso lar...

Família Sonho,
Família boa,

Família Sonho,
Família boa!

Força e luz

Se falta luz e sobram trevas e vinagre,
Transforme sua vida em um milagre.

Se o poder do apagão faz com que a paisagem suma,
Aproveite para descobrir sua luz própria, humana e una.

O medo de ter medo não o amedronta:
Gere a parte de si que não está pronta.

Vença! Você pode, você aguenta!
Ligue-se na força da luz que seu coração inventa!

Ovo Alquímico

Tentando ser mais felizes

escrito com Mama Sil

Perda de vida:
Lamentar-se.

Não se ajuda ninguém
tendo-se pena dele.
Ninguém merece piedade,
E sim, respeito.

Você não ajuda ninguém
tendo piedade
e se atrapalha a si mesmo.
Cada um tem as suas perdas para lidar.
Cada um tem a sua parte
de Respeito!!!

Respeito pelo outro
é o começo.

Todo mundo precisa
ter um trabalho,
Ter um lar,
Ter um amor,
Ter dignidade!

Lamentar-se?
É o fim da picada,
Perda de vida,
Não saída — ida sem partida.

A prisão liberta do amor

Quando uma pessoa que a gente ama vai embora,
Sempre é uma libertação.
Para ela e para nós.

Mas vale a pena nos livrarmos da prisão do amor
para sermos livres?
Só vale a pena ser livre para amar.

O amor é uma prisão libertada
e libertadora de si mesma.
Revolução permanente e contínua, à Trotski.

O amor livra a gente dele mesmo
para nos devolver a um novo amor.
Que é o mesmo.

Feliz é quem segue pela vida
tendo a dádiva de amar a esmo
o mesmo que quero sem desespero.

Ovo Alquímico

A sabedoria informa

A Sabedoria me informa:
Vou transformar a velhinha
em uma criança linda
e cheia de alegria.

Eu transformo a realidade em poesia.
Ela transforma a poesia em realidade.

Você não está bem, diz em alento:
Lute pelo seu tempo.
Trabalhe menos. Seja feliz.
Como eu. Em Paris.

Lute pelo seu tempo livre.
Liberte-o dentro de si.
Seja feliz.

Lute pelo seu tempo.
Sua missão é à alegria
de rir
induzir.

Lute pelo seu tempo.
Liberte-se de si,
Feliz, enfim.

Flutue pelo vento ateu de Deus.
Lute pelo seu tempo.
Seu momento resume o que você é.
Lute pelo tempo presente
para sempre.

A Sabedoria informa:
Informação não é conhecimento.

Conhecimento não é sabedoria.
Sabedoria não é consciência.
Ciência não é Sabedoria.

Só a Sabedoria sabe.

Ovo Alquímico

Body and soul

Arranquei minha alma do peito.
Não tinha jeito,
Não tinha peito
pra tanto.

Tornei-me mais um desalmado,
Como todos os que você vê ao lado.

Dei minha alma, o futuro empenhado pelo passado
e pelo avesso: não ficaram satisfeitos
e dei meu corpo pelo avesso:
O pior de mim. E não perceberam, acharam perfeito.

Em silêncio, ao pôr da tarde,
Minha alma arde
em uma pira que lembra o amor

em que um dia eu quis me pôr.

Inútil cor
para quem é dona de todos os lápis de cor.

Nos seus lábios eu quis me pôr
como um sol, mas arde como o amor.

E a cor eu sei de cor,
Mínima e mor,
A melhor e A PIOR.

Ninguém está nem aí pra nós.
Era antes o que agora é pós.

Sou um desalmado
fracassado.
Guardei a alma
como pecado.

Ovo Alquímico

O amor

O amor é uma religião sem deus.
E cada gesto é o ritual completo de sua crença.

Para quem ama, o amado é o deus
Eros e Anteros, por azar almas gêmeas

divididas pelo ímpar.
Vivificadas pelo ar par

que oxigena e revitaliza.
O amor é o que a meta divisa.

Venero a ela, que sou eu,
Melhor me revelo nela, ex eu,

Antes de vir a ser nela, semideus.
Ela eu escolho no que me reconheceu.

Casamento da Família Sonho

Temos de aprender
a ficar sós juntos.

Ou nos separaremos.

Temos de aprender
a ficar juntos quando sós,

E nos recasaremos
na comunhão íntima da saudade.

Ovo Alquímico

Cegos de amor ao amor

De que forma você pode decompor e reler, no eixo
[paradigmático,
O que sempre houve
antes de nós no paraíso?
De que forma você vai encarar o que não pôde ver de tanta
[claridade?
Enquanto pode, porque há idade para enfrentar o sol,
Porque pode duelar contra a cegueira de vê-lo
por mais de cinco minutos, olhos abertos fixos no sol
porque ainda tem carne, tesão e ossos e alma.

Sim, você fitou o sol e não ficou cega.
Mas a fôrma do seu passado e da família
deformou a imagem ideal do amor original,
E compôs uma outra, banal, mas feita de harmonia.

A visão certa é a do presente
que recebeu no presente, dádiva e colírio
que faz nascer nos seus olhos dois lírios
no delírio de amor no cio que te redimiu.

Como presente, você tem formas e alma
e pode no que ama seu corpo e alma e sexo fluido
o amor ao amar: passo a passo
passo por você:
Sou o amor ao amor
por você!

O diapasão dos sons

O diapasão dos sons enfim soou
onde nada sou meio do que sou.

A magia alquímica está presente
e nada se prende ao que dela se ressente.

Rasga minha alma *soul* sou o som primordial
do belo e do feio, do além do bom e do mau.

Por meandros complicados eu procurei
por eras e servos do que eu era rei.

E foi na solidez aturdida do vendaval
que achei o caminho em que sou este tal

feito de terra, ar, mar e luz
e a quem até o vácuo seduz.

Ovo Alquímico

Duas mulheres

Pois que tudo tem seu duplo
e de mim mesmo sou múltiplo
cem sem denominador comum,
Cem nomes tenho um.

Um em duas faces refratárias
de mulheres de fases várias
de lua,
E, sendo uma,
São duas
e são nuas
— precisamente suas — não me intrometo
meto meu nariz no que não cometo
pelo reto caminho me perco em seus seios.

Esticar mente e corpo ao máximo
que possa encolher num átimo
ótimo duplo de reflexos e luz
cega no par que ao uno induz
ao orgasmo uníssono das duas.

Entre pai e filho

Filho,
Você não precisa de mais adrenalina
para ficar acordado
entre as três e as sete da manhã do fado,
Sutil enfado
que percebo nas suas frases recortado,
E daria a vida que não tive
para não tê-lo percebido.
Ou recordado.

Imaginei você ao lado, em brado
você me diz; "você destrói com a verdade",
E chora, e solução não há, a não ser à tarde,
Em que, no delírio que me invade,
Você diz: "você nunca me bateu ou gritou comigo,
Não ardem os seus gritos na tarde
da dor que me invade, pois não foram dados,
Porém dói que você destrua com a verdade
implícita em seu silêncio."

Nele, do que sou melhor me invento.
Sou tento do que intento, cruento e lento.
Cento e tanto rendo e vendo por dez por cento.

A verdade é meu invento,
Meu conserto, com ela tento
ir além, até que me convenço
que não posso ir além do que penso.

Por momentos,
Você retribui com a leveza e a objetividade.
Depois parte para o inferno sem desesperar
em parte.
Parte da metade

Ovo Alquímico

é o inteiro.
Nele me semeio,
Coloco-me de escanteio
pelo veio-mor, grande:
Seu nome é Alexandre, o grande.

Que eu consiga lhe ensinar grandeza.
E um pouco de caráter.
Com amor.

Amo você, baby.
O amor é uma forma de aprendizagem
maior do que o amor.

Für Mama

O primeiro orgasmo veio em élos
que recortaram meu pênis em anelos
que prosseguiram por meu corpo na coluna
subindo cundalini até a alma em plumas.

E em plumas acendeu o coronariano
com músicas de nenhum supino soprano
e os elos prosseguiram até o peito arfar
e prosseguiram até o encontro do pênis com a vulva
ser o ar por que ansiamos sem luta.

Foram então meus elos entrando por elos mais finos,
Cada um deles em destino
em que sempre estava o orgasmo do amor
que encontro, provoca pororoca, e agora é uma flor.

Ovo Alquímico

Higiene nietzscheana

Higiene Mental.
Uma necessidade.
Fisiológica.
Você já fez a sua hoje?
Divulgue a ideia,
Higienize-se,
Felizmente.

No mar em mim

Por que haveria eu
de me atirar ao cansativo
asfalto em busca de uma praia distante
quando moro de frente para o mar?

Por que haveria eu
de me cansar, indo até a praia,
Quando minha varanda
fica dentro do mar?

Por que haveria eu
de me obrigar a entrar
no mar espiritualmente, de minha varanda
de minha varanda dentro do mar
quando o mar está dentro de mim?

Por que haveria eu de pensar
em algo
além de não pensar assim?
Afinal, sou o mar assim.
Afinal, sou o mar, sem fim.

Ovo Alquímico

Für Son Tirésias

Tem de fazer uma coisa de cada vez
pois tem muita coisa acontecendo
ao mesmo tempo.

Dois corações batem acordes
e consonantes, reunidos
em um zumbido
de abelha — trinado

que cria ao meu lado
o oposto do que acabo:

O osso que compõe o vácuo.
Morno acordeom lácteo
de onde nasce a via láctea.

Laticínio dos seus seios.
Vaticínio, sei-o no que leu o segundo:
O raso extraiu da alma o profundo:

Eternidade e fração inauguram
a sua face de mil augúrios:
Na cegueira, a visão do futuro.

Oscar Gama Filho e Alexandre Herkenhoff Gama

O gostoso sem gosto

A sede me fez provar da água santa
no deserto — do sol a ânsia era tanta
que o milagre de seu gosto foi a mais gostosa manta.

E a preguiça invadia os gestos,
Impossibilitando-os, por tornar longe o que era perto.

Assim esticávamos os braços em atos
munidos de toda vaidade vã
como balas
nos calcanhares com asas.

E o mais gostoso era a água sem gosto,
Prova do milagre do rei deposto.

E que ainda reina nos raios solares
em que raios e água brilham em todos os lares,
Fazendo o milagre sem gosto chamado felicidade.

Ovo Alquímico

Ela é o meu amor! (*Konzert für Mama*)

um poema musical — tem melodia

Ela é o meu amor!
Só a ela eu amo, então.   REFRÃO
A ela me dedicarei
e serei o seu fiel.

Ela tem o seu sabor,
Um patê de suave olor:
Cheira contra a escuridão
e é a salvação.

Seu cheiro vem a meu favor,
Dos podres extrairei a cor
e pintarei o retrato do real
que vou
alcançar em ti, amor!
A beleza se fará verdade
e a ela nos dedicarei.
E a ela, nus, dedilharei...

O impossível do amor

Para ter o tal amor ideal,
O esforço é impossível e casual.
A coincidência inviável é aleatória
e ninguém sabe se ganha a rodada milionária
quem faz ou quem não faz a aposta otária.

Às vezes a inação é que se faz necessária
para ganhar o verdadeiro amor invário
em silêncio de pássaro e chocá-lo.

Para perdê-lo, basta
um instante que afaste
o impossível que o amor arrasta
para depois do que lhe basta,
Apagando, assim, o vazio que nos mata,
Adiando por dois séculos a data da morte.

Afinal, o impossível do amor
pode pôr o seu ponto final invisível
na cor da eternidade real pela via da alma
e pela ruída ponte do corpo, inatingível.

O impossível da felicidade
cabe em cada um
sem nenhum alarde.

Reza: que o impossível da felicidade
se ponha no amor de cada um de nós
e nos afague ao som que mela esta bela tarde.

Ovo Alquímico

O monstro

Eu não sou um monstro,
Disse o Super-homem.
Eu sou o reflexo
do espelho que vocês veem em mim.

Um reflexo das duas imagens
que meus pais me deram
 como amuleto em meu batismo:
1- Meu Pai me deu *O mundo de Sofia*
e me tornei um filósofo.
2- Minha Mama me deu *A Física de Jornada nas Estrelas*
e me tornei um cientista.
Dos dois, sou um escritor,
Mas é difícil me subtrair
dos muitos que sou
e solucionar a verdade
ou extrair a beleza.

Enquanto isso, despreocupadamente,
Meu pais fazem amor
até corroerem o tempo.

Para sua mãe

Estavas linda, Inês, posta em sossego,
Teu rosto traçado à luz do lume cego
de encanto, tamanho era teu sucesso.

Anjos alavam teus lados com louros
de glórias futuras, sim, as tuas, dos outros
a quem estendeste a mão pelo avesso
do avesso, para fazer o certo, por certo.

Algum dia se tornará poesia
aquela em que em si acreditava,
Coisa rara na multidão parva.

Até lá, a repetição dos dias
trará a verdade e a justiça divinas.

Inês já é pura poesia.

Quando você era, eu já fui.
O véu inconsútil da beleza
a evolui, sossega e afia.

Inês jura poesia.

Ovo Alquímico

O poema contínuo do amor

Você é um poema contínuo
para ser sorvido

por mim.

Eu sou seu verso
controverso.

Oscar Gama Filho e Alexandre Herkenhoff Gama

Pelicanos perigosos

Mote:
Perigosos Pelicanos.
Vêm aqui todo ano.
Não os vemos, o que é humano.
Mas morremos de amor
por eles, por engano.

Pelicanos perigosos.
Perigosos pelicanos.
Vêm aqui todo ano nos ventos.
Em imigração, não os vemos,
O que é humano, não os sabemos.

Mas morremos de amor
por eles que voam no ar
por engano doído
em que sobrevivemos ao sentido.

Ovo Alquímico

Perigeu lunar

Quando a *supermoon* nascer,
Estarei rezando uma oração
seca e sem crença, mas cheia de fé,
Sem liturgia ou rituais
além dos raios de lua cheia
banhados pelo Sol que também se vai.

Sou de uma religião
que só os homens não têm.

O ritual é me partir ao meio,
Em sacrifício ao deus inca Solua,
Me quebrando a casca de ovo, gema
preciosa que devolve o homem à sua essência
e o redescobre, mudado
em face de voltar a ser o que era
no passado, mudado pela presente
implosão: de fora para dentro
uma supernova surge
não como um estrondo: um sussurro
um sussurro em imagem Real refulge.

Urgentemente,
Ter de ser urge.

Oscar Gama Filho e Alexandre Herkenhoff Gama

Rainha das flores

tipo popular da Vitória antiga

E a doçura da louca com flores se hipnotiza,
Transforma-se em parada e em malabarista,
Pois, no transe eterno do país dos sonhos,
A única lei da hipnose a salvar é a crença como jogo
de acesso aos centros da cura
que há na doença pura da mente,
E ai de quem não é demente!

E de forma orgânica e mental
somos ligados à loucura sem mal
por um cordão umbilical do rio insano
que escorre da Rainha das Flores em desengano

de um amor tão infinito por um homem
que toda sua vida se resumiu em lhe dar flores,
Feliz de ele ser ao mesmo tempo tocável e intocável,
De tê-lo nos poros no impossível de tê-lo visível.

"Tem alguém dentro de mim mas não sou eu",
Monstro misterioso no planeta ateu
Flor em que brota o que não é seu,
Gerando lilases na terra morta.
Agora que ele se foi, nada importa.
Dou-lhe a dor da flor que corta,
Corta o câncer, jamais embota.
Plena de loucura, sua doença é a cura
da realidade,
Eis a verdade:
Éramos novos antes de sermos antiguidade!

E somos.
Somos fragmentados, e somos e sou Rainha.

Ovo Alquímico

A desordem dos fatores inversos não altera a continha.
Ele me disse: tu hás de ser minha,
Por isso sou ele, sendo a Rainha
das Flores intermináveis que dou ao mundo.
Isto é tudo.

Abandonada pelo amor Marinheiro,
Que hoje habita sua alma, estando no estrangeiro,
Rainha engravidou de um sonho
em que os filhos são as flores
que deixa para ele no chão,
Promessas de sim que deram em não.

Cansado de tanto habitá-la, o Marinheiro
surge de dentro, rasgando sua pele e seu império,
E se torna sua outra metade perdida,
Dando luz à sua vida
que dança, estranha, com esse fantasma
e o leva como defesa do ego e como arma
que não deixa nada inteiro.
Metade é Rainha e metade é Marinheiro.

Passa, dividida, por entre a cortina negra
desenhada em suas retinas
e se senta no autoritário trono
de onde Rainha das Flores rege o mundo dos sonhos.

Neste momento, todos nós, que nos deliciamos em olhá-la,
Somos seus súditos, homens ocos, feitos de palha.
Ninguém ri diante dessa fraternidade
real em que ninguém mais cabe.
Acompanhamos seu olhar que tenta decifrar a noite
em que estamos naufragados e sob açoite.

Diz o profeta real:
"A escuridão indiferente e pálida ostenta oscilações
que alguém antevira como sendo a trégua

que oitenta fogueiras despertariam no aviso
luminoso de flacidezes retardatárias e boêmias
às vezes descendentes e cheias de riso".

Alheia a tudo vagueia,
Ainda mais esfarrapada por dentro,
A Rainha das Flores que traz,
Na boca sem dentes,
Uma gargalhada de escárnio
que mede trinta e dois dentes.

Ovo Alquímico

Verdadeira amizade

Para a verdadeira amizade,
O silêncio é fecundo:
Cada ano, um segundo.

Revisitação

Já fiz o que devia ter feito
e de tantos feitos continuo imperfeito.

Vermelho é a cor do pôr do sol
por sobre uma alma que se põe.

No horizonte teço uma esperança vã
em que nasceu, ontem, o amanhã.

Tenho fome de algo invisível,
Possível de se ver no impossível.

Tenho saudade de algo que nunca fui.
Lá, onde não me exerço, vive o que me possui.

Ovo Alquímico

Saudades de Mama

Uma parte de mim partiu-
-se em dois.
Antes era para depois
o movimento mágico que se depôs
aos meus pés de joelhos; o amor-
-deixando o seu doce ardor.

Uma parte de mim partiu com ela.
É a parte que meu coração aperta
para que eu seja saudade de amante, pai, filho, mãe e poeta.

Sinto-me meio indefeso,
Com gestos incompletos,
Sem saber fazer o certo.

E me dói o peito
por não estar inteiro:
Parte de mim foi para o desterro
e o que me restou foi ao meu enterro.

Perdi tudo
de que me iludo.
A bobagem maior é que foi só por uns minutos.

Selo

As falhas dos nossos pais
são os nossos defeitos.
E os nossos próprios defeitos
são as falhas dos nossos filhos.
Seus filhos serão filhos de nossas falhas.
Por que não aperfeiçoá-las?

Fi-los porque os quis.
Os defeitos, não os filhos
talhados por frágil cinzel
de palavras — um cinzel de defeitos,
Melhor dizendo, inútil pelo seu tamanho
e por usá-lo não ter ganho
maior do que o belo.

E quando a beleza deixa de ter defeitos
deixa de existir também, com efeito,
Efeito do que foi feito de defeitos,
O filho que veio era o patinho feio.

Hoje é um cisne cinzel
a esculpir em um veio
a marca a que veio.

O feio, o seio.
Oh, sei-o belo
pelo que me revelo
no filme que velo
de vê-lo ao sê-lo.

Desvelo
Revê-lo
Revelo
Desejo.

Ovo Alquímico

O selo final,
Ei-lo:

Todos os defeitos
são nossos

eixos.

Por que não refazê-los de outro jeito?
Meu filho Son é o cinzel do perfeito.

Venci meu destino

Venci meu destino,
Não o cumpri.

Burlei as Parcas,
Desfiei o tecido
que me era destinado.
E com esse desfio
teci o meu fado.
Em que não confio
e em que eu era confinado.

Alarguei o espaço do ar
para, livre do fio, respirar
o que sou em outro lugar
que não habitava

por hábito.

Despertou-me o acre hálito
da manhã que não viveria jamais
porque era menos
o que hoje me é mais.

Tinha saudade de algo que nunca fui.
Lá, onde não me exerço,
Vive o que me possui.

Venci meu destino.
Não o cumpri.
Por isso, sou feliz.

Ovo Alquímico

Visão operada

continuação de Cegos de Amor ao Amor

Amanhecem de novo
as antigas manhãs
que não vivi jamais
porque jamais as vi como agora:
Aurora!

Vejo ao quadrado:
Vejo como neném
com a experiência do que vem
a ser hoje a meia-idade que tem.

A consciência humana
é a manifestação da onipresença de Deus
entre nós. Ninguém a explica
e ela nos movimenta,
Modelando o mundo do inverso
à visão primordial
que tenho agora,
Somados sabedoria, poder e visão
a poder antever a visão dos que são
eles polos sul e norte que se atraem
até a extensão da sétima dimensão.

Círculos e curvas femininas
emolduram a costa atlântica.
O reto é o reto, vejo
que o reto não é o que via
meu desejo.
Mas tão antevisor de cenas românticas
que não se cristalizaram
na luz diáfana do real...

Nossa consciência, boa ou hedionda,
Move o poder de Deus até a onda
que, muda, muda o campo de energia
que era o real que eu não percebia.

Não erra mais o rei andante que eu não via
por errar a respeito da ótica que me construía.

Em terra de cego,
Quem tem dois olhos eu sei.

Sou rei. De paus.
Não me leia a mal.

Ovo Alquímico

Filosofia Mama

Só acontece o que é para acontecer.
Se era para acontecer,
De nada adiantam lamúrias ou possibilidades alternativas
"se" de a realidade ter acontecido de outra forma.

Se era para acontecer, nada impediria.
Se era para acontecer, nada aceleraria.

Só acontece o que é.
Nem mais, nem menos.

O meu pior é o melhor
que pôde ser feito por mim naquele momento.

Fenômeno: o que acontece.
Só acontece o que é para acontecer.

Amor vivo

O amor é um ser vivo.
Nasce, cresce, morre
e se reproduz se preciso.
Sê preciso:

O lar é uma extensão
de nosso amor.
Nele vivo
e convivo
com o vivo
fio
esguio
em que confio:

Sil só.
Só Sil.
Eu e Sil = Só
Só.
Sóis.
Sois sós.

Ovo Alquímico

Conselhos para filhote Sonho

escrito com Mama Sil

Filhote,
Sim, dedique-se a tudo que faz com amor.
Não deixe que conflitos o confundam.
Coloque-se no lugar de cada pessoa
e se expresse com serenidade.

Sim, a vida é o momento presente!
Não deixe que o passado amarre seu momento-hoje.
Viva tudo agora!

Sim, o caminho é o do meio.
Não se perca entre os extremos.
O abismo é assustadoramente atraente e estagnante.
Porém só é um abismo inventado, entre tantos...

A vida é inventada.
As pessoas se inventam.
Invente-se a nós mesmos.

Meio-calendário para o amor que há no meio

Janeiro
Em brancas nuvens
o ano, nu, vem,
Promessa de paz
de alguém mais.

Amais
a mais
Jamais?

Fevereiro
Duas orquídeas vermelhas por inteiro
se encontram em amor belo como recheio.
No segundo mês, em doçura,
A Família Sonho se fez pura gostosura
e se comeu, insepulta, sem luto, sem luta.

Março
O girassol se vira gira-sol
e gira o sol em busca do arrebol vivo
que jorra da alegria astral de Sil

Abril
Abril abriu os olhos de Sil
para o meu nascimento contínuo
em mares, árvores, rios e cios.

Maio
As mais-que-perfeitas cores de maio
tingem a orquídea em que procrio
as pétalas níveas do desmaio.

Junho
A borboleta

borda as letras
do amor materno
em verde e inverno no nu
da Pedra Azul.

Julho
Seu mel é meu:
Com o amarelo
o frio aqueço
e desapareço:
Sou sol sem começo,
Sou frio no meio dos corpos que aqueço.

Amantes marinados pelo mar

Você conserva em sua pele, marinada,
Todas as iguarias
que já degustou.
Eu chego lá, absorvendo seu buquê,
Quando cheiro você.
Eu adivinho seus temperos
quando rodo seu corpo-copo de vinho
para admirar você!

Sil:
Pare de degustar, poeta.
Estou aqui.
Quero você para comer!

Ovo Alquímico

Água mole em pedra dura

Se a água tem seu mérito
por bater até furar o pétrico,
A rocha tem seu mérito também,
Por aguentar ser perfurada
até onde não há ninguém.

Pois assim somos os viventes
que vão para onde só se sente
o amor sem palavras em que se pressente
a vinda de um sentimento descarnado
que abriga o que há de bom no passado,
No futuro e no presente:
Assim mudo minha vida
quando a água cava fundo no meu coração de pedra
até encontrar o perfume líquido que liquida
a dureza e muda a lida em beleza:
Renasço, pasma e muda, em uma risada de surpresa.

Viagem turística

De gratidão absoluta
a bondade se enluta.

Vai à morte da tristeza
uma procissão sem pressa.

A felicidade é cozida
por palavras descosidas.

Liberdade é a inicial que estampa
a consciência de tanta busca, tanta!

A rainha dá um xeque-mate
no jogo de xadrez, de fraque.

Com meus pares me regalo,
Canto de pinto e de galo.

Infla meu sonho como um balão
que risca os céus, não o não.

Pois tudo é promessa de sim e de luz:
Hoje tudo é novo e ao longe nos conduz.

Ovo Alquímico

A memória do ar

A memória do ar
abrigará a memória do que a ocupou ao longo de sua história,
Tal como a homeopatia
deixa a memória diluída de substâncias?

Pois a homeopatia
deixa a memória da substância
na água em que é colocada
e essa memória é em outra água
de cura depositada.

Será que a memória do ar
terá, diluídos em si, os gestos que esbocei,
As casas que ocupei outrora, agora demolidas?
Demolidas do espaço visível, mas sua memória agitaria
as moléculas dos tijolos do novo edifício?
Estaria a memória de uma mãe dentro do filho?

A agitação dessas moléculas me acorda, sepultado sob lembranças
e pela memória rediviva, vivo
até a memória do ar em que sou passado
a limpo por isso. E vibro, vidro viço vivo.

É na memória do ar que vive o vivido:
O presente é o passado, conciso,
Diluído na memória do ar.[2]

....
2   Nós estamos imersos em um meio comum: o ar. Pela ***memória do ar*** deixamos nossos traços em tudo que fazemos e pensamos. Afetamos tudo e todos,
e todos nos afetam com nossas escolhas: cada gesto, cada silêncio, cada
inação e cada parada vão deixar uma marca na memória do ar, alterando
indelevelmente a realidade.

Buenos blues (Bluenos aires blues)

Saber o que se faz.
Saber o que você faz e fez.
A plenitude do que você é.
A plenitude do que se é.
Só você e eu sabemos o que é.

O que é o nosso amor.
É o que é, e só o sabemos nós.

Ovo Alquímico

Coração roxo

escrito com Sil

Oscar
    mor.

Grande bêbedo ambulante,
Peregrino do sol.

Viver é mais que andar,
É perceber o caminho para o ar,

Para o mar a trilhar,
Para a visão de antes.

Tudo era o gigante
que te sepultou:
Mas tu não vais aonde eu vou.

Oscar Gama Filho e Alexandre Herkenhoff Gama

Gatos tardos

escrito com Alexandre

A sombra dos edifícios
avançou tanto sobre o asfalto
que caiu no mar
e nele se afogou
levando consigo
a clara luz do dia,
Levando consigo a claridade,
E deixando a leveza e a objetividade da noite,
Para quem a cor é impossível,
Pois a noite é igualitária
e é um pincel de açoite
para o tom que foi-se.

Ovo Alquímico

Relações líquidas

escrito com Alexandre

No toque sinto apenas a força da repulsão
ao meu irmão são que usa
a trivialidade do caos,
A trivialidade do mal
para estar ao mesmo tempo aqui
e nos confins do universo.

Converso com minha alma que está em Vênus,
Enquanto do corpo nada espero,
Nada é vero:

Eu + zero= eu.
$0+0 = \infty =$

Zero, eu ou o infinito.
Extremo em que transito
entre o que não sou
e o que não sinto.

Logo existo
mas não sinto.

Vendo livre no Caribe

Livre, fumante, navegando
as azulidades do verde oceano
e surfando nas ondas vertiginosas
que a lancha lança com sua trilha.
(My name is not the same.
Changes 'cause I'm a free man.)

Como a lancha e as ondas,
Diferentes apesar da proximidade,
Surfo meu ser mas não o habito,
Ando na prancha pirata e lanço no mar o viver antigo,
Cansado de estar comigo,
Assombrado pelo próprio espírito.

No Caribe,
O Sol se põe onde a Lua nasce:
Em meu fim está meu princípio.
Autodestruir-me para reconstruir-me,
Experimentar todos os venenos
para me tornar vidente
de meu destino.
Só aí — que cansaço! — cumpri-lo.

Sint Maarten impulsiona a felicidade
até a vertiginosa crueldade
do prazer
em um mundo a haver,
Que ainda está por existir.

Ovo Alquímico

Mas existe aqui,
Nu, essência do mundo,
Pra todo mundo viver feliz — no fundo!

Bem no fundo do m-ar-co-íris
com as sete cores do Caribe.

Vida é o momento presente

Mama é a alegria
de tudo que existe.
Eu não sou.
Sou a beleza
do que há,
Do que há de vir,
Do que foi
melhor agora
do que antes
e do que depois.

Vida é o momento presente
que não antecipa a perda do tempo,
Pois em si ela a acha no que a perda é o alimento.

Ovo Alquímico

Único senhor

Ressuscitado pelo sopro primordial
da deusa maciça do vale fatal,
Os dois juntos em inferno astral

para mim, parasita paralelo
ao ser que cita meus iguais alelos,
Eu, por sugar tanto minhas reservas,
Consumi o que de mim espera
o portador de mim:
Eu mesmo, a ressurreição pelo sopro
mudou-me de ínfimo um para dobro,
Para dobro do infinito em que me descubro,
Sendo menos do que o átomo menor
e maior do que o multiverso,
Por eu ser meu único Senhor.

Trindade

Porque habitar o impossível é o desejo
irrealizável ante o indescritível medo,
Reclamo o dom da ubiquidade e o obtenho,
Deus bom, ao meu lado o mantenho,

Martelo divino, e habitei no impossível,
Aonde todos querem ir, mas, chegando, acho inaudível e transparente
o lugar e as possibilidades presentes
em que tenho os dois amores pelos quais mais um poeta anseia.

Sendo o terceiro em escala de masculinidade,
Por nada decido, nem pelo que me invade
por meio do Sol que a minha pele arde,
Dividida em duas: uma goza e a outra parte.

Vai para regiões tão longínquas, tão quentes,
Que mesmo o profeta não pressente o que foi
sua atitude básica, sua divisão em dois
completada em ambas as fêmeas machas
embrulhadas no meu sêmen para orgásmica viagem.

Cheguei ao impossível que almejava, mas não acredito,
E dou ao acaso seus créditos.
Ele faz seu balanço contábil, ativas e passivo,
E ao final, beleza!, descobre que – nelas – eu vivo!

Ovo Alquímico

Poema da volta

do meu filho Alexandre

Solando minha guitarra,
Num copo de absinto,
Sinto a marca genética
corroer a libido, a tara, o rancor e a ética
para lavá-los com o antepor do Sol
e compor a nova métrica da Família Sonho.

Digo ao mau passado:
— Sou sua face oposta,
Sou a sua metade alma-pura, não sua metade pura-bosta.

De qualquer jeito a gente se gosta.
Reconheço que somos aleijados de tudo,
Menos do amor em versos de que nos inundo,
Compondo boas falas para quaisquer cenas do mundo.

Lei nº 1 da Teoria da superficialidade

Somos superficiais.
A profundidade é mera aparência.
O objetivo é ser feliz.
No momento. Depois, quem diz?!

E, se não somos felizes,
Fazemos alguma coisa
que deveríamos deixar de fazer.
Para sermos felizes.

À sombra do superficial
cresce a saúde mental:
Não nos façamos mal!

Não nos façamos mal mais. Fica na paz!
Sejamos indiferentes, sejamos superficiais!

Ovo Alquímico

Magia do amor

Desprezar é não ter apreço.
Quem ama despreza algo indigno da amada
porque não tem apreço a ela,
Porque para amar é melhor desprezá-la.

Não pode a equação plena do amor
levar em conta que há o defeito.
Por isso, por artifício de cálculo,
Despreza-se aquilo por que não se tem apreço
na soma do amor à amada,
Para melhor contar e poder cantá-la
no produto do amor íntegro e náufrago

de uma perda de algo
para ganhar um presságio
do amor absoluto sobre o ágio
sob tudo. Sabe tudo mágico.
Sobretudo mágica.

Sereníssima

Serenize-se.
Entre o polo alto
e o polo baixo,
O mar alto.
Ao invés de bipolar, me acho

no sereno, meu facho
intermédio: sem alegrias
ou tristezas cruciais.

Ser sereno é o de que sou capaz.
Conta a menos, a mais para nós, ao menos,
Serenizemo-nos e o mundo parecerá ameno.

Ovo Alquímico

Dia de perfeita esperança

Ainda não é um dia
de perfeita esperança,
Mas é o de próxima redenção:
Liberta-me de minha própria salvação
a perfeição da esperança querida
de querê-la, se quer ser melhor
do que a vida.
Em expansão, fartura e alegria
sempre precisa
        precisa de ser
        incisa
mais ainda:
— Precisa de mais e mais vida!!!

O que você imagina é o que existe

Seja feliz
enquanto pode.
Vida é o momento presente,
Não o que se pressente:
Aquilo que você imagina é o que existe.

Imagine-se feliz
e o seja enquanto pode.
Felicidade é tudo que explode!

Ovo Alquímico

Amor incondicional de Mama

Mama ama até a ponta de asco
no canto da boca do fogão
que já não funciona.
Intransponível e irremovível,
Ela tem o amor incondicional:
Ama o bem que ele tem mal
e ama o mal que ela tem bem.

Para todos, usa como *habeas corpus*
o Amor Incondicional.

O presente

Que maravilhas nos trará
o nosso filho d'além mar,
D'além Rio Amazonas? Nele confio o ar
que respiro, mas não contava com o sufocar
de ansiedade que espera sua história
da qual rirei corrosivamente,
Corroendo o passado para viver o presente
de seus passos em abraço de presente.
Você é o bom que se pressente.

Ovo Alquímico

Extensão de mim

Você é uma extensão de mim.
É uma parte afim que partiu
para pensar diferente do resto de mim,
Mas que faz sentido mesmo assim.

Parece pedaço de um tempo que nunca tive
mas de que careço para enxergar melhor o sentido.

Eu me sinto à vontade com você.
Alegria e felicidade não se adiam,
Mas eu às vezes não as vejo.
Às vezes sinto que me abandonaram
quando apenas saíram e se esconderam em você.

Eu me sinto à vontade com você.
É como se meus gestos ecoassem
tão profundamente em você
que passassem a ser seus.
E a voz que ecoa em mim é sua,
É pura lembrança que se perpetua.

Eu transformo a realidade em poesia,
Ela transforma a poesia em realidade.
Nós nos alimentamos de nossos sonhos e de nossas esperanças.
Precisamos deles para saciar nossas ânsias.

Óculos de chuva

Nuvens cinzas
são os óculos de sol do céu.
Retiro os meus.
Abrigos cor de mel
guardam-me dos raios de chuva
que minha alegria turva.
Coloco as luvas
e colho uvas
nas gotas de chuva.

Meu coração as usa
para irrigar o sonho que ainda pulsa.

Ovo Alquímico

Conversa íntima

Resolvi conversar comigo mesmo. Me liguei:
— Alô, Oscar?
— Sim, quem é, ou melhor, quem sou?
— Sou Oscar.
— Diga algo que eu já não saiba! Como você está?
— Estou ocupado.
— Fazendo o quê?
— Conversando comigo mesmo. E você?
— Eu também estou ocupado. É melhor a gente não demorar muito.
— Só!
— Vamos ficar em silêncio, então!
— Na paz!
— Na paz! Até mais.
Moral: Quando a gente não consegue nem falar consigo mesmo,
O melhor é ficar quieto.

Mestre-sabiá

Meu marido, mestre-sabiá,
Vai correndo pelo calçadão de Itaparica
em seu passo manco de tique-taque,
Compasso de disparate.

Mestre-sabiá,
Melhor que ele não há.
Não há via. Havia
a via em que ele corria
dentro do seu coração:
Um céu de cal ósseo
e as paredes de sua paixão.

Canção de Mestre-sabiá:
Continuo tecendo meus sonhos
para amparar a presença dos pesadelos,
Continuo correndo ao Sol
continuo correndo
correndo correndo
pluviosamente
contra a chuva e o tempo.

Corro pluviosamente
e escorro em busca
de socorro na frustra!
Qual a fulcra
em que avulta a seca de alvíssaras
contra a chuva de más pássaras?
Corre o tempo entre meus dedos,
Escorre pluviosamente sem medos.

Ovo Alquímico

Máquina de músculos

Meu corpo é uma máquina de músculos.
Uma fibra persegue a outra sob o vulto
indescritível da sombra:
— Seu nome é "a força que me assombra".
— Pelo menos até a força se tornar tonta.

O primeiro nome do vazio é fome.
Dela vem tudo que se come:
Sexo, nome e a descendência dos homens.

Língua gastronomia

A gastronomia é a língua universal.
Uma espécie de esperanto maior
falada com a língua calada pela comida,
Pois todos têm de comer
se querem sobreviver.
Sua lei maior é a dos contrastes:

Doce salgado
azedo amargo
quente frio

se combinam e se potencializam.
Congelar e ferver em seguida.
Colocar gordura para a comida ficar gostosa.
Em seguida, retirar a gordura para a comida ficar mais
[gostosa ainda.

Mas o melhor tempero
é comer a mulher amada que fez a comida.
Teúdo e manteúdo
prazer em vão: veludo
da áspera e rude existência:
Cio que em si se vicia.

Gastronomia: me como ontem
para ser mais forte amanhã, tabu e totem.

Ovo Alquímico

O prazer insuportável do amor

O amor é um prazer insuportável.
Por isso as pessoas que amam
têm necessidade de perdê-lo.
Respiram aliviadas quando o perdem
e depois voltam a buscá-lo desesperadamente.
O amor é um prazer tão insuportável quanto a alegria ou a
[felicidade.

Por isso o prazer dói
e ama a dor implícita,
O afeto intrínseco,
A (des)confiança mútua.
O amor é um prazer

e o prazer — prazer em conhecê-lo! —
O prazer é todo nosso:
Oscar, Sil e Alex a sós conosco
amam amar o amor até o osso.

Corno *blues*

Mulher mal-humorada
despacho para os inimigos,
Como arma secreta.

Eles fodem com ela.
Ela fode com eles.

Ovo Alquímico

Paraíso perdido

A tecnologia nos tornou soberanos
de um reino em que se cometem todos os enganos,

Ou melhor, inventando;
A tecnologia nos deu mais conforto do que soberanos
medievais poderiam suportar.

Temos de jogá-la pela janela da jaula
e voltarmos a sofrer para apurar a alma

e nos alegrarmos com as conquistas simples
concedidas a quem reinventa o mundo.

Mas como tudo já foi feito, tudo,
Temos de destruir a lembrança do que existe.

Só assim teremos espaço para que cresçam
os sonhos daquele que se reinventa
recriando a natureza-
-morta para soprar catarro
na porta de sua boca de barro
e forjar o homem necessário
do vindo para um voltar a ser vários.

Tudo é certo em sua essência.
O que está errado é nossa forma de olhar.
Se olharmos certo, não me iludo,
Destruiremos a tecnologia do mundo
e recriaremos a gênese em um segundo,
E veremos perfeição em tudo.

Descanso

Há muito tempo eu não me era
e, cansado de mim, fui por outras eras.
Retrocedi até o meu exercício de ser
se exercer sobre o sublime momento.

Hoje, não me sou, e de não me ser
sendo o que eu imaginava ilusão, mas era o real,
E de não me ser
me descanso da existência
e convido vocês
a deixarem de ser o que são
em algum intervalo do verão
derradeiro:
Pela primeira vez, eu não me sou,
Perdi-me de mim, senti alívio
após deixar a carga descer rio abaixo.

Prosseguindo liberto do que eu era,
Renasço no sonho da mentira que se tornou à vera!

Ovo Alquímico

A função de todas as coisas

A função de todas as coisas
é estabelecer uma relação amorosa conosco,
Disse o amante do mundo, todo prosa.

É fornecer fonte feliz
de uma relação com as coisas que eu quis
fosse diferente de raiva, ódio, medo ou tristeza.
Não sou réu nem sou juiz.

Sou a quem interessa só essa relação
de ter com humanos ou com pedras a mesma emoção.

A função de todas as coisas
é restabelecer o amor conosco.
Por enquanto é tudo que eu não posso lhe contar.

A função de todas as coisas
é fazer amor conosco,
É amar a roupa e a veste
do ambiente que te reveste,
É dar vida ao que era inerte.

Passei por mil arco-íris,
Foram lentes para ver o mar,
Ver além do que se pode divisar – é pra lá.

É pra lá que existe um lar
que mora onde estou
e que carrego como pele onde voo.

Pedras, plantas, flores, animais,
Tudo ama no que é mais:

A função de todas as coisas
é fazer amor conosco.

É amar a roupa e a veste
do ambiente que nos reveste:
Faça dele rosas encantadas
amorosamente com a peste.

Ver além do que se pode divisar — é pra lá
é pra lá que existe um lar
que mora onde estou
e carrego como pele onde voo.

Estabeleça uma relação amorosa
com todas as coisas:
Pedras, plantas, flores, amoras e animais,
Tudo ama no que agora é mais.

Ovo Alquímico

O samurai sem honra

aos terroristas no poder

Ao acordar, desmoralizado, desejo a morte.
Mas, cego pelo poder, não a enxergo.
Sem honra, luto com a vergonha.
E venço.

Deposito meus olhos na honra,
Sem que ela esteja no depósito bancário em minha conta.
Depois tento fitá-la em lembranças da luta armada
em que ela estava nas mentiras de trabalho, paz e amor.
Mas ela corre, porque me entende, gritando "assaz o Caos
[e o Terror"!

Que tipo de honra se nega a permanecer na memória
de seu dono, que se nega a ser distorcida,
Que não permite participar da minha mentira,
Que tipo de honra pode ter algum escrúpulo
em afirmar que molha o povo com paz e amor
quando apenas o está marinando para o Terror
completo, irreversível, para o Caos?

"—Não desejo o poder nem implantar a ditadura.
Já tenho um e outro e sei o que desejo, afinal:
— Meu sonho terrorista sempre foi implantar o Caos!
Se com honra não é possível, luto com a vergonha."

"—Nunca desejei ordem nem progresso nem trabalho.
A Teoria do Caos sempre presidiu a entropia do Terror.
Minha meta samurai sempre foi disseminar o horror,
Se a vida do povo sempre foi ruim, quero o muito pior!"

Não vejo o que ali está, o inegável fato,
Porque luto pelo Caos absoluto

e alucinadamente o enxergo e tento trazê-lo para perto.
Cego que sou, sem ele estar, enxergo.

Paciência: se o Caos destrói a honra,
Luto com a vergonha que não tenho e venço.

Ovo Alquímico

Lugar-comum (Lugar-original do descontrole-comum)

As coisas são como são.
E se resolvem por si mesmas.
Se não derem certo, o final não chegou.
Qualquer coisa é a mesma coisa.

Enlouquecido pela saudade,
A ela renunciei para salvar-me.
A lucidez asséptica sem um traço de emoção
tornou a rotina que adoro uma doce prisão.

Para resolver essa contenda entre juízo e razão,
Crio o gênero feminino para todas as palavras,
Crio um invariante significante universal absoluto para tudo,
[ou melhor:
Cria uma invarianta significanta universala absoluta para tuda,
[oua melhora:

As coisas se resolvem por si mesmas.
As coisas sa resolvam pora sia mesmas.
As coisas são como são
e se resolvem por si mesmas.
Chegou a finala.
Afinala chegoua.
Chegou a.

A resposta como invariante universal absoluto

Pergunte-me qualquer coisa
e eu lhe responderei algo
que você não poderá dizer que está errado:

Qual é o seu nome?
Sei lá.
Você vai fazer o quê?
Sei lá!
Qual o sentido da vida?
Sei-lá, do verbo seilar.

Ovo Alquímico

Sou um decifrador de códigos

Sou um decifrador de códigos
em busca da invariante universal absoluta:
A essência da ciência da cria una,
Aquela que em tudo se reúna:
A cria, a cor de veludo que ilumina.
Da fria cor que tudo nos mina:
Numa hora gera, na outra fulmina.[3]

....

3   Em outra brincadeira da Família Sonho, Dad passa para o feminino qual-
    quer palavra ou frase: *carro* vira *carra*, *homem*, *homa* — *as homas chega-
    ram*, por exemplo. Tenta resolver uma das dificuldades lógicas humanas:
    encontrar uma *Resposta como Invariante Universal Absoluto* lírica e
    divertida. Problemas são insolúveis e não foram feitos para serem resolvi-
    dos definitivamente. Pode-se esperar, no máximo, o crescimento pessoal por
    meio das soluções obtidas, sempre circunstanciais e contextuais. Até mesmo
    as leis científicas são metamórficas. Encontrar e efetuar as perguntas corretas
    ajuda mais, um drible poético no pessimismo.

Oscar Gama Filho e Alexandre Herkenhoff Gama

Um outro em nós

No momento em que se toma consciência, somos outros.
Ou sabemos ser um Outro em nós.
E-mail de Carlos Nejar

O Outro em nós se avulta em um vulto
e nos cura, salva e indulta o espúrio,
Ou nos multa e insulta para *to kill* o vil,
Ora Mr. Hyde, ora Dr. Jekyll,
Ora "—Vamos ver!!" – ora "— Já se viu!!".

Há tanto tempo morando em nós
um *alter ego* dos muitos escondidos, fora de moda,
Ora nos assusta, ora nos abriga sendo nós.
E muitos caminhos foram abertos pelo nós
onde só havia um sentido.

E, no entanto, é um desconhecido.
Não o avistamos no seu escondido por nós,
Que somos o Outro ou o Outro é em nós.
Mas o mantemos escondido
porque é a esperança de ser o que nunca temos sido.

Ainda que nos fosse o tempo todo de seu esconderijo.
Ele é a esperança do futuro em definitivo,
Pois a esperança do futuro é o ido perdido,
O elo que nos liga ao animal ou ao anjo em nós caído.
Sim, a esperança do porvir é o paraíso perdido.

Quando se toma consciência da dor, somos outros
somos outros, transformados por ela em aliados
que sabemos ser em um Outro em nós do de dentro lado.
Ou sabemos ser um Outro em nós Passárgado,
Morada do Vento ou Paiol da Aurora rododáctila.

Ovo Alquímico

O outro

*sobre **Um outro em nós***
por Alexandre Herkenhoff Gama

Quando éramos o Titanic estávamos abertos ao naufrágio como samurais. Mas não nos revoltamos contra o fluxo trágico do universo e continuamos abertos ao naufrágio. A solução é o esquecimento?

Estar aberto ao naufrágio é não se revoltar contra o fluxo do universo: o sublime só o é em meio à fragilidade. O espírito de quem constrói castelos na areia da praia é o mesmo de quem se dedica a catedrais na vida real. Para tanto, duas coisas são necessárias: estrutura e originalidade. A estrutura permite a conexão às outras máquinas desejantes (processadores), enquanto a originalidade é aquele evento improvável que reluz como informação preciosa, na medida em que seu conteúdo é o logaritmo do recíproco da sua probabilidade. Se isso se transformará ou não em engrenagem, para outras máquinas, é difícil dizer, a menos que se faça uma análise frequentista ou conexionista. Boa parte do tempo nos fiamos nas palavras como ganchos que se prendem uns aos outros e nos conectam à realidade. Esses ganchos conectam, em última instância, um Grande Outro, como espelho de toda força desejante habitante do universo fenomênico. O problema é o verbo ser?

Enquanto somos assombrados pelo saber absoluto, o Google transforma nossa ignorância em mordida e sopra a dica de que o alívio está ao alcance do toque, *touchspirit*. Deus é o subconjunto formado por toda positividade totalizante do Grande Outro. Mas, como Deus não admite o prefixo sub, sua inexistência é irrelevante. O esquecimento às vezes é desejado, não em si mesmo, mas como possibilidade. Poder esquecer, não ser crucificado pelo não processamento, desterritorializar. O consolo é que a própria entropia, antes fardo insuportável, nos conduz ao livramento semântico, quando precisamos pregar em outros conjuntos. Ela irá bater à porta e, nesse momento, poderemos ser apenas um ser que goza e excreta, que come e bebe. Territorializar-se em alguém é bom quando se pode falar bobagem e talvez todo esforço expressivo seja apenas a vontade de desterritorializar-se da beleza.

A Família Sonho se isola na Casamar para se libertar do Outro, mas sempre se encontra com outros que a modificam para melhor ou para pior. E, quanto pior, melhores ficaremos. Todos são apenas o Outro construído através da plasticidade sináptica, dialeticamente. No fundo das palavras há o quase nada que somos: processadores da diferença pura em meio à repetição.

Pense o que quiser: problemas são mais belos que soluções.

CACO III

Um Esporro

A malhação de Judas

Sábado de Aleluia.

O homem estava ali parado – nu – meio da chuva. Parecia me fitar intensamente, como quem vê muito: um povo. As senhoras que voltavam do baile olhavam de um lado para outro, disfarçando a curiosidade. Confusas porque nele havia algo de diferente. De sobrenatural. Confusas porque não queriam ter a vontade de ficar nuas. Confusas porque deveriam se amedrontar. Um só gesto; um só gesto e ele as teria. Mas continuou parado, e elas então acharam que deveriam se apavorar e começar a gritar e correr, para que todos testemunhassem sua moral inabalável. Mesmo assim ele prosseguiu imóvel. Fitando-*Me*.

Nome: Judas
Idade: 33
Olhos:
Cor:
Ideologia:
Profissão:
Sexo:
Doc. Id. R. G.:
Cabelos:
Assinatura:
Traje:
Observação: debilidade mental.

A opinião pública é permitida. A opinião pública se move. A opinião pública se aproxima vagarosamente de quem *Me* olha.

Talvez fosse engano, Judas não conseguiria roubar nada que não fosse dele. Não ofenderia a ninguém. Mas também *Eu* conseguia ter a certeza de que ele era marginal. Estouro da boiada. Pessoas atropeladas na corrida para agarrar Judas; Judas imóvel, olhando-*Me*, sem ver mais ninguém. Foi aí que tudo se precipitou. Amarraram-no na traseira de um carro, e só quando começaram a arrastá-lo lentamente é que despertou da apatia. Deu um urro de animal ferido. Limpou o suor sanguinolento que lhe manchava o corpo: mãos livres, porém descarnadas. A procissão prosseguia. Chamou pelo pai, ou pelo irmão, ou pelo amigo – com amor:

— Alguém!!

Alguém era muito prestativo, mas nada fez, e também *Eu* permaneci fiel, parado no *Meu* lugar, que é o modo mais fácil de também ser culpado – de quê?! – do doido gritar, e sempre se gritou, do doido sentir pouco, e sempre se sentiu pouco, e sempre se desesperou, e isso nunca adiantou nada?! Por que agora? Que se grite Aleluia, que se repita Aleluia:

— Aleluia, Senhor; filho-da-puta! Pedrada na cabeça de Judas.

— Aleluia, veadão doido! Paulada na boca do estômago.

— Graças, Aleluia; seu filho-duma-égua embosteado!

Salta com os dois pés em cima de Judas; fica pulando, esmagando, esmagando o saco de Judas. Por fim, cansa-se e senta-se no corpo do idiota, pegando uma carona no carro. O carro prossegue, arrastando os dois. O povo grita que também quer dar em Judas, que também é filho de deus. Ele sai de cima de Judas. Era o momento de gritar a verdade. Todos estávamos arrependidos. Aquele era o homem errado.

Aproximei-*Me*, e *Me* deram um pau, e comecei a bater. É. O culpado de tudo era o doido. É sim. O sacana *Me* olhando de olho aberto, mas isso não fica assim, que nunca fui homem de levar desaforo para casa. Nunca fui homem de aguentar ingratidão calado, e matei todos que me perturbaram – desde o começo da minha vida – com as pauladas que dei em Judas.

Estava chegando mais gente, e resolvemos pendurar o homem na árvore pra todo mundo poder dar em paz. Bate, bate, bate! O pedaço de pau criando bolhas na *Minha* mão. Carne cansada

Ovo Alquímico

de bater, músculos, ossos. Uma bolha poca: dor!... Filho-da-puta! Bati com mais força. Disputando palmo-a-palmo o prazer da porrada. O babaca ainda *Me* olhando nu daquele jeito: tomei distância e enfiei a ponta do pau com força nos seus olhos. Um de cada vez. Parei um pouco para descansar, que não aguentava mais. Dois buracos negros *Me* olhando, a origem da noite. Toda a força voltou. Tomei distância para a pedrada:

— Deus vive, Aleluia; filho-da-puta!

Carros estacionavam, e todos paravam respeitosamente para dar passagem a pais que vinham chegando. Trazendo seus filhos pela mão. Para ensiná-los a dar. Entregavam-lhes uma pedra; eles se afastavam e a arremessavam com fraqueza. Os pais, irritados com o fracasso, davam porradas fortíssimas no idiota:

— É assim, viu, querido? — Eles sempre achavam erro.

Prosseguimos dia adentro, até que um sapateiro abriu caminho na multidão, e mandou baixar o corpo. Obedecemos. Desempregado, ele tirou a faca do bolso e começou a esfolar Judas, enquanto nós disputávamos os lugares mais próximos, pedindo desculpas antes de pisarmos nos pés das senhoras. Silenciosos e fascinados. Ao completar seu serviço, afastou-se para apreciar o resultado. Quem-foi-ao-vento-perdeu-o-assento.

Um muçulmano do Estado Islâmico aproveitou, aproximou-se do homem, ungiu todo seu corpo com vinagre e sal e, iniciada a pregação, concitou-nos a cortar as mãos dos ladrões e a língua dos mentirosos. Em seguida, tomou de um machadinho, cortou pernas, braços e língua de Judas, e finalizou perfurando-lhe os ouvidos. O público delirava. O muçulmano improvisou torniquetes para que a finalidade de castigo não se desvirtuasse com a morte de Judas, e retirou-se debaixo de aplausos.

Vinda sabe-deus-de-onde, uma limusine negra cantando pneus abriu caminho na multidão com uma freada sinistra e atropelou várias pessoas. A galera começou a gritar, mas da porta que se abriu saiu um homem assustador vestindo uma armadura de samurai formada por pequenas chapas de ouro laqueado ligadas por cordas de seda e filigranas de pedras preciosas. Uma máscara ninja horrenda cobria seu rosto monstruosamente prolongado por um capacete de titânio incrustado de diamantes que se assemelhava a uma coroa real. Sacou sua katana da bainha e, enquanto cortava com sua espada o que restava do coto humano — tal qual um chefe *di tutti chefs* —, vociferava grotescamente em tom de delação premiada:

    — Eu sou o Samurai sem honra.
    — Eu sou os terroristas no poder.

    — Ao acordar, desmoralizado, desejo a morte.
Mas, cego pelo poder, não a enxergo.
Sem honra, luto com a vergonha.
E venço.

Deposito meus olhos na honra,
Sem que ela esteja no depósito bancário em minha conta.
Depois tento fitá-la em lembranças da luta armada
em que ela estava nas mentiras de trabalho, paz e amor.
Mas ela corre, porque me entende, gritando "assaz o Caos e
                                        [o Terror"!

Que tipo de honra se nega a permanecer na memória
de seu dono, que se nega a ser distorcida,
Que não permite participar da minha mentira,
Que tipo de honra pode ter algum escrúpulo
em afirmar que molha o povo com paz e amor
quando apenas o está marinando para o Terror
completo, irreversível, para o Caos?

"— Não desejo o poder nem implantar a ditadura.
Já tenho um e outro e sei o que desejo, afinal:
— Meu sonho terrorista sempre foi implantar o Caos!
Se com honra não é possível, luto com a vergonha."

 "— Nunca desejei ordem nem progresso nem trabalho.
A Teoria do Caos sempre presidiu a entropia do Terror.
Minha meta samurai sempre foi disseminar o horror,
Se a vida do povo sempre foi ruim, quero o muito pior!"

Não vejo o que ali está, o inegável fato,
Porque luto pelo Caos absoluto
e alucinadamente o enxergo e tento trazê-lo para perto.
Cego que sou, sem ele estar, enxergo.

Paciência: se o Caos destrói a honra,
Luto com a vergonha que não tenho e venço.

Massa de carne. Sempre *Me* olhando fixamente. Tá *Me* gozando?! Ele vai ver que aqui tem macho! O samurai e a turba *Me* ajudaram a arrastar o danado até uma outra árvore, que aguardava de braços abertos em cruz, e ali o colocamos, o que sobrou, com o auxílio de uma corda de sisal e de pregos. Foi quando ele-sem-olhos *Me* fitou mais profundamente, e seu silêncio pareceu dar a certeza de que *Me* dizia algo como "Cristo, eis aí teu povo" enquanto as pessoas próximas eram apontadas por ele, apesar da mão espírita continuar pregada na árvore.

Era então a hora sexta e, subitamente, das órbitas oculares escorreu a cor negra, que se misturou a um último raio de sol ou a uma lágrima, e produziu um fluido algo escuro e calmo como sangue coagulado. Como a noite. Como o que fugiu pelo mundo. Como o que ficou toda a Terra coberta de trevas até a hora nona, quando escureceu também a lua, e rasgou-se ao meio o véu do tempo e, com imenso terremoto, o céu se abriu, e O Espírito de Deus mostrou-*Se* com uma voz de trovões:

— Este é *Meu Filho* amado. Fazei isto sempre em memória de *Mim*.

— EU NÃO ERA DEUS! Eu havia me enganado. Não tinha direito sequer a usar a maiúscula quando me referia a mim. Percebi tudo, com espanto, e instintivamente corri apavorado

apavorados corremos aos *Seus* pés e nos arrependemos e breve falamos de amor e pedimos perdão quando vimos um batalhão de anjos se aproximar para nos jogar na noite saída eterna *Dele*. Mas Judas, sempre olhando para mim com *Seus* dois buracos negros, gesticulou com o corpo fantasma, indicando que estava tudo bem, e *Seus* membros cortados assentiram com o que *Ele* disse, e ainda hoje os povos civilizados celebram este rito de fé nos subúrbios onde Judas insiste em sobreviver desmembrado, despido, inapetente, eterno e sem sentir:

— Deuses não são biodegradáveis.[4]

---

4 O conto foi inspirado em uma história real: por vagar nu pela praça em que se realizava um baile, um deficiente intelectual foi espancado até a morte, em um dos inúmeros linchamentos que a população civil tem empreendido, matando assaltantes e pequenos criminosos. A se salientar que os pronomes são grafados em maiúscula quando o narrador se refere a si mesmo – como deve ser usado quando se trata de Deus. No clímax do conto, esta deferência é transferida a Judas, no momento em que o Pai revela que ele é o Filho de Deus. Então o narrador percebe que estava equivocado e perde a maiúscula que ele mesmo se atribuía. O linchado é o Filho do Pai, por conseguinte, e não o narrador, como este se achava.

O filho das selvas

escrito com Alexandre

Pensei que fosse Alice – no país das maravilhas em que eu estava: meu bar preferido, o Biblioteca, na amazônia. Onde se escondem obras-primas secretas. Armada de uma amiga – de nome Vampira – ao lado, Bella me cumprimentou:

— E aí, filósofo? Vai entrar na minha real?

Eu não soube o que dizer. E então:

— Você continua sendo um bom menino.

— Bom!... Tenho 30 anos e você me diz que sou um menino.

— Um menino, não: um adolescente. Você cresceu desde a última vez. Eu tenho 25. A psicologia, li, diz que a adolescência vai até os 25.

Vi como uma tentativa de estabelecer uma ligação comigo. De que tipo? Embarquei na *vibe* e viajamos na ideia de que a filosofia era apenas a expressão da esquizofrenia com requintes de coerência, o que, de toda forma, não servia de desculpa para minha inconsistência sistemática. A civilização da desinformação se move num pântano de roídos, daí o alheamento de todo sublime.

Eu estava penetrado de Bella Donna, querendo o inverso. Na tentativa de conciliar a confusão, convidei-a para um passeio pelo inconsciente. Acordamos no centro dos acontecimentos, cercados por odores matinais e um delicado burburinho, semelhante a anjos tocando a valsa da despedida:

— Há algo para sonhar, além do simbólico e do imaginário?

— *Yes, babe*, apenas a qualidade de construir um universo imagético com a sua essência; no caso, calma e elegância – ou seu inverso, paixão e ridículo.

— Calma, vamos recomeçar.

Um homem, com ares proféticos e tino de comerciante, elogiou minha camisa:

— *I like very nice your shirt.* "É óbvio que estou em amor com você, queridinha." Viu o transatlântico estacionado aí? Cheio de ingleses...

E eu para Bella:

— Isso tudo é uma grande bobagem.

— *Is it shit what's in your shirt?*

— O devir é a única bobagem de que dispomos. O amor lhe dá forma e é o critério de alocação temporal, por definição. Mais precisamente: ele canaliza os pontos de contato do desejo, de forma a criar o colapso dos vetores de estado e o eterno retorno do ser amado, num ciclo virtuoso ou vicioso, conforme o caso.

— Vou sempre oscilar?

— No rio Amazonas, menos.

Já estava talvez revelando muitos segredos sobre o amor como função de alocação temporal metrificada pelo tempo finito!

Desejar demais ou de menos? Paradoxos do devir. Abrir mão de desejos e recuperar a identidade no mundo físico para viver o devir do mundo platônico. E pensei: por que tantas palavras e tão pouca ação para aquele que só vê o devir em tudo? Mais um paradoxo enumerado. Ela, desafiante:

— Aprender a prática do amor no rio real.

Eu sabia que a vida era apenas a perda e o encontro de nomes próprios, portadores da permanência do saber – ao menos no átimo em que sabemos que sujeito somos.

— Que outra forma de consumir a própria plenitude, senão escrevendo e amando? Afinal, os acontecimentos esquartejarão sua alma ou seu texto de qualquer forma. A escolha é entre oferecer o pescoço ou dar o passo – e extravasar a ave.

Assim que Bella se afastou de nós, para pegar um drinque, Vampira, a amiga com que veio armada, me convidou para um *ménage à trois* e eu chorei, antevendo a sua tristeza ante a proposta e a hedionda traição. Mas Bella se aproximou com o vinho e enxugou minhas lágrimas:

— Calma, rapaz. É um velho costume das amazonas compartilhar seu homem com a melhor amiga. É o escambo, sabe? Tô de boa! Vamos sair daqui para um lugar mais íntimo?!

Levantei, muito feliz, puro que era, e me despedi de Vampira. Porém Bella me surpreendeu:

— Posso levar ela também? Sem ela eu não vou. Não confio em homens. Não andamos sem uma irmã ao lado. Como os policiais, sempre com seus parceiros, saca?

E eu que pensava que era só ao banheiro que as mulheres não iam sozinhas!

Na sequência, fomos para uma cachoeira, na floresta, para executar um ritual proibido. Elas ficaram nuas e eu tirei a roupa também. Pediram para me amarrar pelos braços e pelas mãos. Eu relutei até que as duas começaram a chupar meu pau e me prometeram:

— Vamos fazer muita sacanagem com você!

Derramaram vela benta derretida sobre mim, fazendo no meu peito uma dolorosa estrela de Davi. Açoitaram-me e eu fiquei puto:

— É muita sacanagem, porra! Que merda é essa?!

— Você não reparou que nenhuma de nós tem o seio direito?

— Não, porque não tem nem cicatriz! Pensei que fosse tipo um *body-art*, em que as pessoas se mutilam.

A Vampira abriu sua boca, cheia de meu sangue, e explicou:

— O seio é cortado ao nascer, para não atrapalhar quando disparamos o arco. A palavra "amazonas" significa, etimologicamente, sem os seios. Somos descendentes da rainha de Sabá, que foi comida por Salomão, roubada e expulsa com suas cortesãs para onde se achava que a terra terminava. Iríamos cair nesse abismo. Mas, como dizia Assis Valente, o mundo não se acabou. Viemos pelo mar de água doce e nos tornamos a tribo de mulheres guerreiras chamadas de Amazonas, em que os filhos nascidos homem eram mortos à moda espartana. Uma cultura irmã.

E Bella começou a chupar os dedos dos meus pés, o que, a princípio, achei ruim e de mau gosto. Mas chupava gostoso, arrancando cada uma das 10 unhas ao final em que gozei 10 vezes de arrancada. E ella:

— Sou etíope, judia negra. As famílias permaneceram na Etiópia. Vampira já disse que não sou indígena nativa local. Não sou mulata. O tom da minha pele foi dado pelos homens brancos do lugar. Ainda que alguns fossem filhos de silvícolas ao longo de gerações. Ficamos com as nossas filhas, mas os filhos homens nós matamos, devolvemos aos pais ou expomos à natureza. Você vai gerar um deus que entregaremos ao mundo. Mas eu gosto de homem clarinho como você para comer. O tom da minha pele é etíope-brasil. Vamos comer você! "Ó vara sagrada, crescerás sem medida até alcançar os astros com a ponta intata!"

O meu pau cresceu como uma palmeira em jatos de lava, ficando com alguns metros de comprimento. As duas passaram um bálsamo fertilizante em minhas unhas, que pararam de sangrar e passaram a gerar, com meu sangue, o Filho da Selva, entidade mítica que se estendia sobre nós, teia de aranha no céu. Penetrei Bella, empalando-a sem feri-la. Meu pênis saiu pela sua boca, retomando o trajeto em Vampira, empalando-a também, e cresceu até alcançar o céu. Nisso, o orgasmo cósmico se sucedeu, e a ponta intata do meu pau explodiu em fogos de artifícios, como em um réveillon.

Voltei ao normal. As duas me soltaram. Apresentaram-me, então, meu Filho da Selva, no colo de Vampira, e já com dois anos de idade.

Nunca imaginei que poderia viver dentro de uma estufa. Ou do útero da Floresta. Muito calor, muita umidade, muito oxigênio. Clima excelente para plantas, insetos, animais e peixes — que vivem debaixo d'água. Fora do alcance do calor da amazônia. Ótimo também para seres humanos calorosos, ardentes e hospitaleiros até o interior úmido de suas vaginas manauaras, Bellas e Vampiras. Meu Filho da Selva agora vivia, em algum lugar, e salvaria a floresta amazônica — e a *sui generis* tribo das amazonas — da extinção.

Como ia dizendo, voltei ao normal. A verdade é que eu estava bem calmo agora. Já podia voltar ao pardieiro de luxo em que morava e dormir em paz no caos. Meu Filho teria vida eterna.

Daqui a pouco, com a velocidade em que crescia, estaria do tamanho da Terra e a criaria de novo, incorporando os humanos,

Ovo Alquímico

que se tornariam meras partículas do computador quântico planetário enfim funcional! Durmamos em paz no caos.

Amazônia- Casamar, Praia de Itaparica

Alternate take:
— Contudo, como Filho da Selva, por direito de escolha, tornei-me barangueiro[5].
— Como Bella Donna e Vampira?

Não sei, mas Bella apresentava tricomania e com as mãos arrancava pelos dos cabelos e das axilas e dos pentelhos e de onde os houvesse, espelhos. Tinha uma linda cabeleira negra pintada com a tinta da noite, mas dotada de buracos, clareiras invisíveis a olho nu: cobria as partes calvas com seus fios negros disfarçando-os de virgem mata.

Mas, voltando ao assunto, como *Filho da Selva*, por direito de escolha, não achei legal engolir o universo me tornando a suprema asfixia de um buraco negro que suga até a luz do ar!... Pois é, o que vou fazer com o universo sem ninguém para olhar a destruição ou ao menos para eu contar o que fiz! Então decidi comer sua melhor parte, as mulheres – comer todas as mulheres do planeta. Mas, como diz o esquartejador, vamos por partes. Gastarei a eternidade para atingir a minha meta inicial. Depois eu vejo...

....

5 Barangas são mulheres nem bonitas, nem feias. Mas fáceis de pegar, apresentadoras de uma gratidão residual que persiste no retrogosto do amor incondicional que me dedicam por aceitá-las hediondamente belas como são. Verdade que podem ser mulheres *top*, lindas, mas que apresentam um defeito de fabricação qualquer. O gosto barroco é assim, típico de agora: a bela coxa, a princesa linda desdentada, a deslumbrante aleijada, a bela mulher perneta... Eu passei a gostar muito de mulheres *top* carecas e malucas. Mulheres malucas são melhores de transa e têm muitas fantasias sexuais, disse um amigo meu. Quem dera! Seria o Paraíso! Mas é bom pensar assim, já que todo mundo é doido mesmo!

Meu tempo não é limitado mesmo, a não ser pela minha angústia existencial suicida... Deixa que seca!

E passei a fazer milagres: criei um aplicativo para celulares, baixado *free*, que é um desmaterializador de automóveis: ele converte o carro em dados e o armazena na nuvem virtual. Tudo via computação quântica, que antes eu ia usar para absorver a raça humana. Que bobagem! São pessoas tão interessantes!... O que seria da minha vida sem essas coisinhas... Criei a internet para brincar com eles. O mundo é a internet de Deus – que sou eu.

Aí saí do *Biblioteca*, meu bar preferido, como dizia no começo, disquei meu celular, a-baixei meu carro na pista e entramos nele. Eu e Ella. Depois o baixamos na sala e no banheiro. Ella ficou impressionada com a rapidez. E surpresa por eu retardar tanto a ejaculação dentro della.

Catedral

Depois do esporro, a Casamar se tocou e resolveu, à semelhança da Torre de Babel, se converter em uma interminável Catedral de uma religião sem deus que só os homens não têm. Uma religião de pedras, de árvores e de bichos-homens também.

Porque o dilúvio no qual o Titanic naufragaria acabou sendo um esporro de circunstâncias gigantescas, mas de forma alguma, mortal. Pelo contrário, as mulheres férteis engravidaram com a erupção de sêmen do Filho da Selva e geraram filhos fiéis ao Pai.

Flutuando sobre o dilúvio de Porra, a Casamar se metamorfoseou em uma Catedral.

Impossibilitado de pagar as pensões e de sustentar tantas crianças, O Filho das Selvas criou uma religião em que o dízimo ocupava o lugar das missas que detestava.

E ficou feliz, pois O amaram incondicionalmente para sempre.

ÚLTIMA CASCA

CACO FINAL

O sobressimbolismo

O ovo vai se pondo

Ovo Alquímico

A imagem sobressimbolista (fragmento inédito)

Carlos Nejar

Descem aves sobre o acaso,
sobre nuvens e regatos.
E o esquecimento vê
o que olhos não abarcam.
E às vezes com atraso.
Mas a saudade é flor
deitada sobre os lábios.
E nem na morte cabe
quanto a vida demora.
São sementes, as horas
sob o peso que dorme,
junto ao relógio, árvore
de tempo em que se escora.
E os ponteiros informes
giram folhas e despem
os segundos de glória.
Se o sonho não tem data,
o que forja, não mata.

Eu me lembrei de ti, ao escrever o poema que tem estas imagens

Sobressimbolismo

Não pode renascer
quem não morreu jamais.
Jamais de ti fui capaz,
Antevéspera do mudo:

O silêncio que atrai o ruído.
O véu tenso que vai no fluído.

O céu tem de ser doído,
Ao inferno fui sem de lá jamais ter saído,
Antevéspera do vencido anjo
sublime que me vê em desarranjo
quando apenas de mim sou ganho.

Oro no purgatório
pelo cochilo:

Não pode renascer para mais,
Não pode renascer para o amor
quem não morreu jamais assim:
Na pós-véspera do fim, tragicômico,
Renasço Carlitos e clônico de mim.

Renasço frenético, atônito e aí?
Renasço da morte mesmo assim
para me perpetuar amor e rir feliz,
Sobressímbolo hermético de mim: eis-me cisne.

A Antevéspera se entedia de esperar,
Etérea presença, pelo que virá,
Pelo avesso do ar, se solidificar.

Músculos ajudam a gente em dúvida
a pensar melhor no amor único.

Ovo Alquímico

Músculos ajudam a pensar,
Tornam mais leve o peso e a pena.

Não pode renascer para o amor
quem não morreu jamais
na pós-véspera da paz.

Sobressimbolismo II

Antílope de tal graça reunido
em suas próprias exéquias,
Eis minha essência: Rei Nilo.

Nulo de ordens até o vazio,
As Parcas me retalharam o seio onde,
Esquartejada pela velocidade do galope,
A beleza que exala foge do díspar
e reconstitui, dos seu restos mortais,
O pré-defunto. De energia e de fractais.

Ovo Alquímico

Encontro da letra

Encontradas letra e palavra de que o poeta falara,
Escrevi-as em desejo num papel que adentrava
a linha como quem constrói uma casa rara
com paredes que geralmente são asas

e são asas que, abrindo-se em bálsamo e veneno,
De suas prateleiras embutidas em penas
derramam latas e mercadorias e o mundo que jaz
na impossibilidade de vermos mais ou menos
por fendas que, ampliadas, se convertem em ramagens
de ramagens de vermes minerais que fazem de um mundo pequeno
um mundo grande demais:

Eis a palavra criando a morada
de paredes que não estão paradas.
Eis a palavra trazendo a mudez
ante um resumo como jamais se fez.
Eis o traço da letra projetando-se em relevo
para encobrir os penetrantes indícios do desejo.
Eis a palavra que aprisiona
os que a defloram sob pesada lona.
Eis a palavra sendo relevante abrigo
e lona e hímen rompidos pelo amigo.
Eis um segundo nascendo de um minuto
E plasmando a vez de um breve mundo.

O desnudar da água

Sem se deixar apreender por nenhuma forma
que lhe possa vestir os gestos disformes,
Sem deixar transparecer nenhum objeto
que lhe possa servir de intenção,
É a água que se despe das imagens
que me leva pelo leito da oração:

Ressuscita e afasta-te de teus túmulos de caixas-d'água,
Ó água parada, multiplica-te em amorfas cascatas
altas como esmaltes pernaltas
que se soltem da rigidez e se desatem;

Enxágua os meus olhos neste instante,
Água os meus olhos, água falante,
Água com lágrimas tuas e apaga as minhas
e espera que brote e se projete da retina
a imagem concretizada do sexo da rua
em que se encontram, arco-íris que no Letes termina,
Animais naturais na ocular esquina,
Animais antes de quaisquer forma ou ensino,
Animais em piscina espermazoária sem tino:
Nus achados de menina dos olhos e de menino.

Ovo Alquímico

Os argonautas

Tatuagem feita de espuma
e em cinza carvão de alma bruna,
Observo o líquido aço
da água fluindo no espaço
entre meu corpo e a escuna
estelar, sol eólico movendo as velas íntegras e unas
onde uma santa ora ao diabo, anseio amargo do
distante do lar do amar. *Go two*
O.V.N.I.s a leste da ilha da lua
do ex-atol de biquíni, cruel e nua
como os adolescentes que amo no trabalho e no lazer,
Adolescentes que detestam Lennon e amor e paz e ser,
Adolescentes que fizeram da alienação consciência de ser.

Neles embarco feliz, solitário marinheiro
exposto ao barco, ao ágio e ao sujo banheiro,
E assim sendo, não durmo ali, e sim no estábulo.
Ao lado de deuses e de animais, bolo e burlo,
Crudelíssimo, as palavras secretas da bula: amor e paz.
Com elas dizimo nações
quando minhas boas intenções partem do cais.

Companheiro de adolescentes cruéis
em que não crescem limo nem grama por onde rolamos os pés,
Ao lado deles limpo o convés,
Tá limpo, mas ao lado e ao invés,
Esperança de fazê-los ver a minha vez,
Mas, em vez, sempre sou cego, que neles vejo luz, talvez,
E assim de novo viro cinzas de fênix e faleço
e morro e renasço a cada mil anos e, então, rejuvenesço.

Deusa

Teu corpo, querida, não está onde estás,
Pois os menores gestos de tua pele — nem teus — o transportam
para onde mulher não há.

Há, isto sim, um vulto embaraçado nos embaçados
de gestos míticos colocados sobre a cristaleira
de todas as pessoas que permanecem
no teu altar-mor: espelho de toda
a limpeza que brota das caldeiras
de madeira
que queimam enquanto aquecem
o sangue esquentado
pra mamadeira.

(Vem, ó sudorípara deusa
de hálito hiemal, eliminar distâncias
trazendo a comunhão do sangue
suado que beberei seco
até que seja só meu o sangue
quando ele for cálice só;
Quando só é minha a borra das mitificações esgotadas,
Quando só é meu tudo que pensas,
Quando só é meu todo o corpo teu
que tens como se fora teu:
Vem, que inscreverei com penes as palavras de teu corpo
no negro papel humano
que nada realça e tudo — mais do que foi escrito — guarda
dentro do ânus.)

Ovo Alquímico

A sólida passagem

À meia-noite, sepultado em um fosso
dentro do meu quarto
e, no entanto, escrevendo sobre a mesa,
A pele intacta e a janela fechada é como
se o sol me queimasse
apenas por dentro,

É como se o fogo destruísse os móveis e as pessoas
mas deixasse a casa de pé,
Mas deixasse as paredes da casa sem o menor chamuscado,
Mas deixasse as paredes congeladas.

Sim, mas há que escrever muito mais do que suportar,
Há que suportar escrever emoções
e nunca vivê-las
como se vive dentro de um círculo
global e intangível.

Será que para habitar no teu seio, eterno poema,
É preciso matar árvores que se abraçam
nas florestas
como se fossem solitárias
na cidade?

Pois é apenas para habitar no teu seio
que do corpo cai
a tinta seca que pinga da roupa encarnada na pele
que pinta os bancos dos parques
e os sorrisos nas fases do palhaço.
Assim   como   na   lua.

De tão solitário, meu mundo não nota a vida que passa;
De tão solitário, não vejo as marcas do tempo;

De tão solitário, não saio do quarto;
De tão solitário, sou eterno para mim;

De tão solitário, não percebo que o amor
é uma luz que derrama sobre as flores
uma nova significação
que logo desaparecerá, envelhecida.
De tão solitário, eu sou jovem.

Mas nem sequer sou solitário:
Sou um poste metálico, sem luzes,
Estendido no chão de todas as cidades
e de nenhuma — por querer tudo, tudo perdi —

E nem sequer sou isso:
Sou o silêncio, e existo
por ter nome e agir sobre as vozes,
Ridicularizando-as.

Ovo Alquímico

Ecce homo
Eis o homem

Nascido postumamente, vestido por muralhas
derrubadas por flores adubos de navalhas,
O crescedor de idos vê seu coração distante e tinto
e partido pelas setas dos longes findos.

Una após una, o jardim cresce, ruma e se completa,
E cada nova flor é uma nova flecha,
Aguda e afiada que, aérea, no céu desabrocha
em chuvas de pétalas de sangue, roxas rosas-rochas.

E monges antimuralhas aproveitam tréguas, claridades certas,
Para colher linhas do horizonte, que usam de flechas,
Desmontando a paisagem, tornando-a deserta.

E tanto deserto enfim contagia o que nasceu póstumo,
Que se vê nu e túmulo desuno sem húmus,
E, profecia vinda antes da língua,
Se contenta em morrer à míngua,
O corpo no passado ainda
e a alma só no futuro será compreendida

mas despida de matéria de onde venha a sua vinda.

O homem nos ratos

Nós somos os homens de ratos,
Nós somos os homens nos ratos.

Nosso corpo não é nosso corpo,
Mas sim um acaso de roedores
que se reúnem em forma humana por pouco.

Nosso corpo não é nosso corpo
e nossos olhos não podem ver o terror
nos que trazem pedaços de nossa figura
contidos em seu interior:
Somos os que comeram ratos antes de serem concebidos,
Os que se alimentaram de ratos, não de maternos líquidos,
Os que extraíram sua força de ratos,
Os que na origem da própria carne
não encontram mais que carne de ratos digerida,
Os que possuem nos ossos, na força e na carne
carne de ratos — transubstanciada
em ratos porque sua concepção se originou
de um desejo dos ratos
que em nossas fotos de criança foram os retratados
e que permaneceram os mesmos
enquanto nosso fraterno eu original,
Crescendo, sumia.

Assim reunidos em grandes corporações,
Roedores sendo cabeça, tronco e membros,
Um susto nos desfaz soltos pelo departamento
e nossos sentimentos convulsionados
extinguem os poucos pedaços ainda humanos
enquanto completamos nossa evolução para ratos.
Nós terminamos aos pedaços enquanto existimos.
Achamos que vivemos, mesmo perdendo pedaços para os vivos,

Ovo Alquímico

E nos apegamos à certeza de termos rapidamente existido
como ilusão de ótica que cresce mais do que os nascidos.

Despojados de hinos de fé no trabalho,
Somos animais precisos em um mundo falho
que ninguém conhece, medrosos,
A carícia e o risco nas superfícies dos olhos.

Com os buracos do corpo sendo morada de ratos,
Deveríamos eliminá-los:
— Mas como, sem eliminar também os buracos?
Com o corpo infestado de ratos,
Deveríamos eliminá-los, como ao ânus, à vagina e ao falo?

Com o corpo infestado de ratos
de onde nascemos por acaso,
Todos em seus buracos medrosos e não planejados,
Todos enterrados em nossos buracos
buracos com olhos de ratos,
Que piscam e pulam como dados
programados para o computador errado,
Com o corpo nascido várias vezes
por uma breve coincidência de ratos
reunidos em Congresso Nacional pela privatização do Estado,
Temos de aproveitá-los vezes e vezes
até que aceitemos que lado a lado com a comida — de ratos —
repousem — de ratos — as fezes.

Somos homens formados por ratos cada vez mais.
Quando elevamos os olhos para os velhos ideais
é como se não olhássemos,
Por não poder qualquer imagem da luz atingir uma pele secreta,
E o que acontece é apenas uma caminhada de ratos —
                                                    [como flecha —
que por acaso indica uma meta.

Carta ao passado

pelos poetas líricos

Haverá flores ou não, assim como
fatigados ou não, os objetos passam;
Neutro passa o rio silenciosamente
e compõe um outro universo
triste e feliz: amiga,

Sente comigo, as mãos
abraçando o ar,
Pois que abraçar as mãos é trocar aspirações
por nada..

Sente comigo e conversemos
— ou não —
Permanecendo como estátuas
até que venha chuva,
E a Terra, vendo que somos água
— ou adubo —
Sugue também os intermináveis corpos
e esconda de nós
os corações dentro de si.

Então estará completa
a natureza que nos completa,
E ambos inermes e unos,
Sob o solo nos confundiremos em longo abraço
corpo a corpo, como devem ser estes abraços ideais.

E que não haja preocupações em amar:
Abandonados de intenções,
Quando morto

Ovo Alquímico

serei a noite
que nos esconderá
sob cobertor de terra,
Serei o sol que virá
acordar
da vida
os nossos corpos resumidos.

O amor no futuro do presente

Pois eu, vidente do amor que virá,
Sei que não tenho presente
de onde possa alcançar o futuro do presente,
Sei que não posso alterar o meu fado
e sei também que posso alcançar
apenas o futuro do passado.

Estou partindo sem coche.
Há muito, desde ontem, que estou a pé
partindo até hoje.

Com um pé no passado em que fico,
Parto para o presente que renego
e para o carinho hemorrágico
de uma brisa feita de pregos.

Estou partindo à força, sem que haja passagem.
Amanhã, se você me procurar, amada do futuro rico,
Terá de gastar três dias de viagem
para chegar ao passado em que fico,
Para chegar ao passado que fico sem nós dois.
Mas creia que, em três dias de viagem, projetados para depois,
Não se acha aquele que está preso ao passado.

E eu, que um dia amarei seus lados,
Estou cercado pelos meus pés no passado e no presente,
Um rei preso que se ressente,
Estou cercado pelo meu próprio corpo,
Prisão privada que os limites do rei torto demarca e retém,
Um próprio corpo só, em que não existe mais ninguém.

E eu, que um dia a amaria,
Estou cercado pela prisão quente
que meu corpo estende
no tempo que meu corpo fia.

Ovo Alquímico

Tempo de mortos

Escute, Oscar, com calma me ouça.
Não se emocione sempre e tanto assim.
Este não é um tempo de poetas,
Este não é um tempo de rimas,
Este é um tempo de mortos:
Todos estão empenhados em matar os outros
e em matar a si mesmos,
O amor se tornou um tipo especial de bolsa de valores
a que apenas os ingênuos se dedicam,
Teóricos se empenham em provar que a arte está morta
e que todas as relações, possibilidades e esperanças morreram.

A você, que um dia se mata
mas em outro ressurge,
Cabe a tarefa necessária mas impossível
de ressuscitar os mortos.

Não se assuste com a responsabilidade.
Principalmente, não a leve tão a sério,
Ou correrá o risco de matar e de ser morto.

Arme-se todo de doçura, de ingenuidade, de pureza
e de crença nos homens.

Olhe-os nos olhos, como você faz, e eles tremerão.
Verdade, aquilo que você oferece de melhor
e do modo mais amoroso
será alvo de deboche.
Seu nome será arrastado pelas bocas
e seu corpo será esticado nas masmorras
em tom de escárnio.

Palavras duras como pedras serão atiradas.
O alvo, você bem sabe, será sua cabeça
e, principalmente, sua alma
e este seu estranho sentimento do mundo.

Ofereça sua alma e sua emoção aos homens de pedra.
Não tente se desviar dos projéteis.
São mísseis infalíveis teleguiados
atraídos pelo calor da vida que destroem.
Messiânicos e dogmáticos, eles têm uma missão a cumprir.
A única coisa que poderá detê-los é seu sangue.
Com amor, ofereça-lhes o peito, dê-lhes de beber.
É justo: têm sede e são insaciáveis.
E você, Oscaro, é inesgotável.
Pelo menos até um dia se esgotar.
A música em verso do seu sangue
acalmará até mesmo os animais
e lhes restituirá a vitalidade perdida.

Sim, são mortos-vivos, mas o sangue dos poetas
é libertador, delicioso e ressuscita.

Sei, bem sei que seu sonho é não mais escrever,
É abandonar a pena dos outros
e, como os outros, morrer
para o que realmente se vive.

Por que você escreve tanto, então?

Calma, amigo insone, recupera a paz
e não deixa de fazer o que te faz.
Só assim, tranquilo e sempre-vivo,
Um dia — profundamente — dormirás.

Ovo Alquímico

Procura

Juventude é o que dói do lado direito,

Todo ser humano é belo, completo e todo é a esmo.

É o que dói do lado errado do peito,

e pergunto "em qual planeta sou escravo de mim mesmo?"

É o que dói por ter sido infante meigo

Meu rumo retomo e retomo aqui o tema

lançado à própria sorte e por eu não ter jeito.

perdido de mim e do fio do poema,

Sim, lançaram a sorte para saber o padrinho

Principiando termina minha vida, mas nada tema:

meu, eu ali avesso à luz e sozinho,

E que o tê-los me arranca os carecas até os pêlos.

Penas nascendo dos poros recém-nascidos

a perceber que de ar condicionado são seus cabelos,

ao meio-dia de um sábado de aleluia

desce aos pés da cruz e me tenta

em que uma mulher afiada me uiva.

A quentura dessa água benta

Os sinos bimbalham enquanto Judas nasce velho e é morto,

e depósito urina à vista ou só no em dinheiro.

E seu corpo tornado porto é o amado aborto

E pelo faro chego ao banheiro

de judeus e cristãos que todos somos,

Mas já estou a mil ou a trinta,

Porto do vinho em sangue em que me tomo.

Pintor, não uso na bexiga toda a tinta,

No céu arde uma hóstia fria e branca,

aristocratas e, no entanto, reles.

Afiados seus dentes ardentes em franciscana carranca,

da boca e ossos em cal de peles

Ardo-me humilde em parcos espaços vãos,

Amigo antigo e pai do catre

Nuances de fogo-francisco ardendo tanto e tão.

Nada a confessar, digo ao padre,

Herege perdido queimado na terra sem males,

bela e viva e vivo eu viva! estou amando.

Necessito do bálsamo da água dos mares,

E eis que a vejo em mim se reencarnando

E na sua ausência fico sem dentes

em mim e em mim se aprofunda e desce,

na boca vazia de cáries e doente.

De luto e de vermelho-sangue, ela permanece

Posando entre o sim e o não, yin e yang,

e façam jus a ela e a ela façam frente.

Vera-luz se tornando verdade e sangue,

Muhammad Ali, Krishna e Taj Mahal me orientem

Tornada desde o início da vida

Ela se resguarda trazendo dentro de si orientes,

o único nome, chegada e ida,

poéticas que falam mentiras e fazem tretas,

Vejo-a fêmea e no deserto a língua cultivo,

Ameaçada por maremotos de tinta de canetas

João batista bilíngue em felação e em verbo vivo.

„Tudo junto e tudo torto!"

E, por mais que de maré alta ou baixa ela me deixe,

„Não sei mais qual é meu copo e meu corpo,

Tudo bem, seguro as ondas, sou de peixes,

Circe que me faz perder rumos e gritar, virado em porco:

Ó Deusa primordial do planeta,

Esposa de rei, Deusa diabólica, serva e meeira,

Ó pedinte de que com ela não me meta,

da esquerda da musa falante e conselheira,

Ó Deusa redonda, suave e vaca da fertilidade,

E me resta escrever ao contrário no talho

De colheita às costas e à idade,

Peço à Deusa por palavras e nelas me atrapalho,

Martelo no lugar do caralho

A palavra é minha pena e meu legado,

usado sempre e no trabalho.

Asfixiado por ela e por ela afogado,

Procura

Inguada!

Eis o poema transparente e invisível,
Eis o poema transparente e invisível,
Eis INGUADA:
Eis INGUADA:
Língua vil da pátria amada,
Língua vil da pátria amada,
Em que versons és destinada,
Em que versons és destinada,
Ó erro!
Ó erro!

Rios percorrem suas latitudes
Rios percorrem suas latitudes
de pele e se tornam suas atitudes.
de pele e se tornam suas atitudes.

Em INGUADA, a geografia vive:
Em INGUADA, a geografia vive:
Continentes de carne e mares de sangue sobrevivem!
Continentes de carne e mares de sangue sobrevivem!
Quantos sacrifícios de sóis que morrem cedo!
Quantos sacrifícios de sóis que morrem cedo!
— Em seu vazio nascem buracos negros.
— Em seu vazio nascem buracos negros.
Neles penetro e vejo o futuro
Neles penetro e vejo o futuro
do que eu era, e desde sempre sou prematuro.
do que eu era, e desde sempre sou prematuro.

Em INGUADA!, a febre produz oceanos incandescentes de
[lava suada,
Em INGUADA!, a febre produz oceanos incandescentes de lava suada,

Ovo Alquímico

Vermes de fogo percorrem seu esperma como espadas,

Vermes de fogo percorrem seu esperma como espadas,

Raízes de cabelos ocultos na terra brilham no céu

Raízes de cabelos ocultos na terra brilham no céu

enquanto rios e oceanos são o sangue ateu

enquanto rios e oceanos são o sangue ateu

que sua pele de solo sã recobre seu.

que sua pele de solo sã recobre seu.

INGUADA: encontro subterrâneos

INGUADA: encontroS subterrâneos

céus sobre meus calcanhares d'aquiles,

Céus sobre meus calcanhares d'Aquiles,

Qui-le isso, qui-lo isso, soluço e lenço

Qui-le isso, qui-lo isso, soluço e lenço

a rebentar o anil

a rebentar o anil

antes da arrebentação.

antes da arrebentação.

Das ondas.

Das ondas.

Há profecias em visões de que me esqueço,

Há profecias em visões de que me esqueço,

Musa INGUADA ao lado do que pereço,

Musa INGUADA ao lado do que pereço,

Mas vejo: — A placa invisível ao lado do UNÉSIMO.

Mas vejo: — A placa invisível ao lado do UNÉSIMO.

A placa invisível que o Deus me proibiu por tanto.

A placa invisível que o Deus me proibiu por tanto.

Eis INGUADA!:

Eis INGUADA!:

Língua com ínguas vingadas na adubante amada

Língua com ínguas vingadas na adubante amada

Sangue contra sangue alma em cor derramada
Sangue contra sangue alma em cor derramada
na transparência.
na transparência.

No unésimo ponto, concentrado,
Antes do *big bang*, os pontos do universo,
Estrutura matemática sustentada pelo inverso.

Em nascer seu nascer desejo nascer de nascer sair nascer da nascer
prisão nascer de nascer si nascer,
Em nascer seu desejo de sair da prisão de si,
Em seu nascer desejo de sair da prisão de si,
Em seu desejo nascer de sair da prisão de si,
Em seu desejo de nascer sair da prisão de si,
Em seu desejo de sair nascer da prisão de si,
Em seu desejo de sair da nascer prisão de si,
Em seu desejo de sair da prisão nascer de si,
Em seu desejo de sair da prisão de nascer si,
Em seu desejo de sair da prisão de si nascer,
Em seu desejo de sair da prisão de si, Inguada dizi:
"Qualquer espaço é uma porta de catedral aberta pra mim!"

Asfixiada, sufocada, nascendo sem espaço
(a não ser *o que eu faço neste buraco!?*),
Prenhe do universo, eis INGUADA,
Sexo dos anjos em discussão minguada,
E tudo que a Terra universitária pedia
era um copo e meio

de poesia.

Ovo Alquímico

Num poema, curto

Sou igual a todos
e a tudo sou diverso de mim.
Não sou igual mesmo assim.
Me perdi antes do filme ter fim.

O passado bate à porta.
O futuro também.
Sólido no momento presente,
Não estou para ninguém.

Real é o que existe.
Pela minha lei, aquilo que você imagina é o que existe.
Minha alma é uma lâmina cega pelo real
e por isso a protejo, embutindo-a no fio da navalha da imaginação.

Ás de paus que se perde no que faz
e no fazer do sim que não se faz-se,
Em que máscara perdi minha face?

Minha pequena, tenha calma:
O corpo é apenas
o caminho para a alma.

O poeta semeia o impossível
e o seu coração.
O impossível cresce. Ele, não.

Se amas o que tu amas,
Não o tragas sempre junto assim.

Perde-o, de vez em quando,
E de novo o acharás – junto a ti.

Meu amor é meu remédio:
Cura tudo,
Menos o tédio.

Eis a arte da festa:
Chegar na hora exata.
Sair na hora certa.

Estes olhos não são meus:
Eu não era tão seu.
Tiraram, devagar, meus olhos
e derramaram petróleo no lugar.
A visão do negror enxerga mais fundo
a cegueira que alvorece no mundo.

Estas flores parecem mortas, senhora,
Mas não estão,
A beleza é maior do que a vida
e as faz renascer no seu coração.

Ovo Alquímico

Terra fértil

Lá na Terra fértil
pensar na velha Terra era
apenas lembrar do estéril
para ver brotar nele a nova era.

Lá, bastava no fértil pensar
que se fertilizava o Saara:
Lá, o pensamento realmente criava
e o colhíamos na seara.

Lá, as galinhas punham ovos
já chocados e com pintos já crescidos;
Cada ovo tinha dentro doze ovos
e os ovos vinham em omelete, em galeto ou fritos.

Lá, o tempo era tão pouco e tão vário
que se auto adubavam velhos já centenários
para, podados, transformarem séculos em mês
e de brotos renascerem rosáceos outra vez.

Lá, era grande e grande a grandeza
e quanto mais nela se pensava, mais ela aumentava
e mais era palpável e tesa,
Pois quem mais pensava mais crescia e mais a embolsava.

Lá, era tanta a fertilidade,
Que uma velha parede paria cidades,
Que vapores de panela produziam tempestades,

Que até mesmo o amor gerava felicidade.

Lar

Lar é onde eu estou.

E sempre ainda estou
por entre as rachaduras do ou.

Lar é lá.

E nunca e nunca cá
junto a este mim,
Eu mesmo maior pedra
que trago no rim,
Levando-me a mim, presença entranha,
Embutido nas minhas estranhas,

Eu mesmo maior perda,
Maior pedra enfiada na pele,
Pele-mor esculpida na pedra,

Essa própria pele minha
em repouso sobre a carne-casinha,
Eterna permanência da própria carne que arde,
Eterna presença desse sim covarde.

Lar é qualquer lugar onde estou lá,
Nunca e nunca estando onde eu vá,
Pois nunca estou onde eu vou,
Digo melhor, sempre lá onde voo.

Lar é onde o ponho,
E sempre o ponho onde
lá onde eu nunca vou no meu estar:
É lá, refúgio do não, que eu chamo lar.

Ovo Alquímico

Geração acampada II

Cansados de memorizar todas as partes
das notícias exatas comumente participadas,
E vendo que a recentidade
das gerações passadas
garantia-lhes a fácil transmissão
das palavras
apenas por não conhecerem
o peso delas no mundo:
Apenas por não se conhecerem tanto,
Já não temos apenas a ambição
de envelhecer em paz,
Pois àj[6] fotográfica ciência, *por contraste*,
Revela a velhice dos traços pueris
sob a pele do esmalte.

Confirmando a impotência,
As paredes permanecerão brancas e azuis sobre mim, bem o sei,
Céu que são desvirtuadas da transparência,
E que esta ausência do transparente não me importe
entre as coisas nas quais se importa, eu compreendo,
Pois nem mesmo eu sou perfeito
em ver através dos obstáculos, súbitos, que do concreto
continuamente se projetam dos buracos
em laços e ramadas: abstratos jatos parados de pedra.

Além disso, bem sei que nem mesmo eu
me importo entre as coisas nas quais me importo,
Pois já em nada me importo, e estou despido
de tudo que me prendia a algo,
De todos os valores de agora deste momento nítido
de antes da explosão, que dizem, virá.

E mesmo absorto na aceitação com que se depositam as pernas
no tronco nos membros, e a cabeça no corpo,

---

6   àj = aaj = a ja = a já = já a.

Bem sei que virá, mesmo sem poder saber,
E mesmo que não seja uma explosão, mas algo que espero,
E, vivo mesmo que esteja,
Bem sei que não estarei o mesmo,

Pois já agora não tenho nada de meu a me apegar,
E com a mesma ternura com que xingo,
Anseio por algo onde o pouco tempo
para um soco não se distingue da rapidez
de uma
     carícia que se distingue não
de um palavrão: acho-me anulado, ansiando por algo.

Sabendo que tudo dará em nada,
Bem sei que pela explosão que anseio,
Anseio saBemdo que ansiaria por qualquer outra alteração,
De corpos, bem sei que ansiaria por qualquer grito
que me libertasse
do que espero parado na praia, no bar, no vidro do disco,
Enquanto vejo a continuidade do tempo
descontinuar os gestos
que tentam pará-lo, mas que permanecem parados.

Bem, sei que anseio por algo.
Mas que, vindo rápido ou lento,
Chegue antes que as mesas embriagadormecidas consumam
uma geração nos cios dos seus ocupantes, caminhantes
excessivos perdidos das próprias raízes.

Fingindo estar acordado,
Espero adormecido dentro do dia
por algo que derrame goela abaixo um caldo quente
que detesto, pois enquanto me aquecer
me derreterá a espera que o corpo já quase não espera,
E me deixará levado pelas ondas vindas
do mar vindo dos olhos liquefeitos.

Ovo Alquímico

(Para atingir a origem das nascentes,
Ir às profundezas é me apertar
por entre grãos de telúricas incertezas.)

Confusos superpostos e confundidos etc. novos dias etc.
nascem etc. a cada minuto,
Com planícies novas nascidas

quando, sem saber se manejar, em si mesma a montanha
    escorrega
na montanha, rola pela montanha, fere-se na montanha,
Cai no abismo que forma – e morre
e se transforma
sabendo que é porque a simples presença da própria carne
    a arranha.

In my beginning is my end.

Sobre a Família Sonho

Alexandre Herkenhoff Gama é de Vitória, nascido em 1983. Cresceu em Cachoeiro de Itapemirim, entre livros e o conflito causalidade e liberdade, que marcaria sua vida. Para ele, quando jovem, liberdade significava escolher a moralidade cristã. Aos 13 anos, fez sua primeira pregação em um retiro espiritual, para um público de 700 pessoas. O tema da palestra era Nossa Senhora. Três anos mais tarde, julgando-se vocacionado para uma vida sacerdotal, franciscana e contemplativa, iniciou o processo de entrada para o seminário, de que foi salvo graças à sabedoria do Espírito.

O passo seguinte foi em direção à causalidade, objetivado na escolha por cursar Engenharia Aeronáutica no ITA, como forma de perscrutar as determinações da matéria, ao menos em sua vertente newtoniana. Formou-se em primeiro lugar, recebendo a láurea máxima da instituição, *Summa Cum Laude*. Seu trabalho de graduação foi desenvolvido no MIT, o projeto de uma missão lunar não tripulada, *Analysis of Robotic Lunar Lander Architecture and Design Options*.

Após breve passagem pela Embraer, ensaiou uma nova síntese do conflito fundamental através da economia, supostamente um campo em que matemática e humanidade se abraçam através do estudo da racionalidade das escolhas, suprassumidos no conceito de utilidade. Na prática, por três anos foi gestor de ações de bolsas internacionais em um fundo de investimento, com o que também pretendia se aposentar e abrir caminho rumo ao livre pensamento.

No mercado financeiro chegou à conclusão de que o ativo mais valioso é o tempo, curiosamente o mais depreciado na pós-modernidade. A busca pelo tempo levou-o à praticagem. Atualmente, trabalha navegando os rios da Amazônia. Mark Twain, navegador do Mississippi, considerava o prático o mais livre dos homens. Uma hipérbole, claro, mas não um absurdo.

Graças à mecânica quântica, ao teorema do livre-arbítrio de Conway e à sua consciência refletida, acredita que a liberdade da vontade existe e luta para fugir dos grilhões da matéria, ou seja, da pura causalidade. Vislumbra que o século XXI será marcado pelo ósculo entre o Espírito e a Ciência, através da descoberta das precondições físico-matemáticas da consciência. Esse ideal levou-o a iniciar um mestrado em Matemática no IMPA, no que foi malsucedido. Convicto de que os fracassos em teologia e matemática são prenúncios do que o aguardaria em filosofia, foi resgatado pelo pai para a literatura. Nada mau, já que ela é o vernáculo da beleza, o local da excelsa expressão do Espírito em que os símbolos ascendem até o conceito e preparam o beijo.

Oscar Gama Filho, escritor capixaba, nascido em 1958, busca captar a essência dos momentos estéticos justapostos, passados e presentes. Por meio da soma de seus diversos pontos de vista, tenta atingir a completude da arte. Eis um esboço da equação passada:

Esforçou-se por alcançar a essência do poema em *De Amor à Política* (Vitória: edição marginal mimeografada, 1979, obra dividida meio a meio com Miguel Marvilla); em *Congregação do Desencontro* (Vitória, Fundação Cultural do Espírito Santo, 1980); em *O Despedaçado ao Espelho* (Vitória: Fundação Ceciliano Abel de Almeida/UFES, 1988) e em *O Relógio Marítimo* (Rio de Janeiro: Imago, 2001).

Procurou o tempo perdido em obras como *História do Teatro Capixaba: 395 Anos* (Vitória: Fundação Cultural do Espírito Santo/ Fundação Ceciliano Abel de Almeida, 1981) e *Teatro Romântico Capixaba* (Rio de Janeiro-Vitória: Instituto Nacional de Artes Cênicas/Ministério da Cultura, Departamento Estadual de Cultura, Secretaria de Estado da Educação e Cultura, Governo do Estado do Espírito Santo, 1987).

Ovo Alquímico

Precisando de outras línguas para auxiliá-lo em sua tarefa, traduziu-se para Rimbaud em *Eu Conheci Rimbaud & Sete Poemas para Armar um Possível Rimbaud mesclado com O Barco Ébrio/ Le Bateau Ivre* (ensaio-tradução-conto-poema, Vitória: Fundação Ceciliano Abel de Almeida, Universidade Federal do Espírito Santo, Departamento Estadual de Cultura, 1989).

Acrescentou sabedoria à sua equação graças à *Razão do Brasil em uma sociopsicanálise da literatura capixaba* (Rio de Janeiro: José Olympio Editora; Vitória: Fundação Ceciliano Abel de Almeida, 1991).

Percebendo a insuficiência da ótica literária, realizou a exposição de arte ambiental poético-plástica *Varais de Edifícios*, em 1978, a partir do conceito criado por Hélio Oiticica.

Gravou o disco *Samblues*, em 1992 – incluído no selo histórico *Série Fonográfica do Espírito Santo*, da Fundação Cultural do Espírito Santo. Em 2005, lançou o CD *Antes do Fim-Depois do Começo*, que contém músicas em parceria com Mario Ruy e em que aparece pela primeira vez o invariante eidético universal absoluto: o *Ovo Alquímico*. As músicas foram executadas pela *Ovo Alquímico Samblues Band*.

Mas era pouco: dirigiu suas peças *A Mãe Provisória*, em 1978, e *Estação Treblinka Garden*, em 1979. Miguel Marvilla encenou seu poema dramático *Onaniana*, em 1990.

Foi escolhido por Afrânio Coutinho para escrever o verbete "Literatura do Espírito Santo" em sua *Enciclopédia de Literatura Brasileira* (Oficina Literária Afrânio Coutinho/Fundação de Assistência ao Estudante,1990), na qual mereceu inclusão como escritor.

Citado como escritor e crítico na *História da Literatura Brasileira*, de Carlos Nejar (São Paulo: Leya, 2011), honra que se repetiu na 3ª edição da mesma obra, pela Editora Unisul, em 2014.

Assis Brasil também lhe concedeu verbete em *A Poesia Espírito-santense no século XX* (Rio de Janeiro, Imago; Vitória, Secretaria de Estado de Cultura e Esportes, 1998).

Colaborou em diversos jornais brasileiros, entre eles *Folha de São Paulo, Zero Hora, Suplemento Literário de Minas Gerais, A Gazeta* e *A Tribuna*.

Orgulha-se, especialmente, de *A Essência da Poesia*, publicado na *Revista Brasileira*, da Academia Brasileira de Letras (Rio de

Janeiro: Fase VII, outubro-novembro-dezembro de 1996, Ano III, nº 9, p.48). Assim como de *As Metamorfoses do Homem*, também estampado na *Revista Brasileira*, da Academia Brasileira de Letras (Rio de Janeiro: Fase VIII, abril-maio-junho de 2015, Ano IV, nº 83, p.191).

Pertence à Academia Espírito-santense de Letras e ao Instituto Histórico e Geográfico do Espírito Santo. Profissionalmente, é psicólogo clínico.

Sua excursão argonáutica mereceu os seguintes comentários:

Assis Brasil (*A Poesia Espírito-santense no século XX*, p. 210): "a poesia de Oscar Gama Filho, em especial seu quarto livro, de 1988, *O Despedaçado ao espelho,* é de feição original, recursos técnicos e de linguagem personalíssimos, num momento em que voltamos ao academicismo das fórmulas, das costumeiras metáforas e... do soneto. Nada contra a coinvenção de Petrarca, mas é raro um poeta, hoje, época algo sincretista – como o foi o começo do século – criar os seus próprios recursos de expressão."

Afrânio Coutinho (orelha de *Razão do Brasil*): "A obra de Anchieta é analisada com a maior penetração, como jamais fora feito antes.

Livro original e destinado a ser um marco na historiografia brasileira e capixaba."

Silvana Delazari é de Colatina, nascida em 1963. Profissionalmente, atua como pedagoga. Na faceta de psicopedagoga, trabalhou com Dad em vários casos e se revelou como musa e autora dos alicerces telúricos de seus etéreos homens: marido e filhote. Por amar crianças, vive a inventar histórias e cenários, celebrando o brincar, e assim escreveu e produziu várias peças infantis, encenadas com seus alunos.

Impresso em São Paulo, SP, em julho de 2016,
com miolo em off-white 80 g/m²,
nas oficinas da Mundial Gráfica.
Composto em Optima, corpo 12 pt.

Não encontrando esta obra em livrarias,
solicite-a diretamente à editora.

Escrituras Editora e Distribuidora de Livros Ltda.
Rua Maestro Callia, 123 – Vila Mariana
São Paulo, SP – 04012-100
Tel.: (11) 5904-4499 – Fax: (11) 5904-4495
escrituras@escrituras.com.br
vendas@escrituras.com.br
imprensa@escrituras.com.br
www.escrituras.com.br